autores españoles
e hispanoamericanos

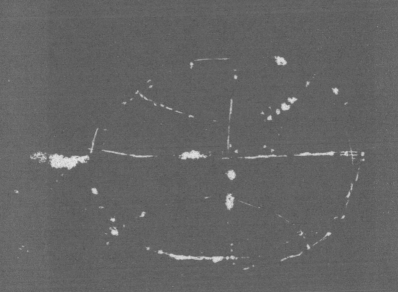

La mesa de las tres moiras

RAMÓN J. SENDER

La mesa
de las tres moiras

NOVELA

EDITORIAL PLANETA   BARCELONA

© Ramón J. Sender, 1974
Editorial Planeta, S. A., Calvet, 51-53, Barcelona (España)

Sobrecubierta: Martínez Aránega

Primera edición: octubre de 1974

Depósito legal: B. 40304 - 1974

ISBN 84-320-5314-7

Printed in Spain - Impreso en España

«Duplex, S. A.», Ciudad de la Asunción, 26-D, Barcelona-16

CAPÍTULO CERO

VIVE JACK CERCA DEL MAR y al lado, en la orilla misma, de un parque frondoso con amplios espacios cubiertos de césped siempre cortado al ras, como una alfombra. Un buen sitio, desde luego. Cuando sale de casa para su paseo diario por el parque, recoge el correo que el cartero ha dejado en su caja bajo el portal sombreado de eucaliptos y cipreses. Suele haber con las cartas algún libro y alguna revista.

Con cartas, libros y revistas va al parque, que tiene el nombre de un famoso conquistador español: De Soto. Entre los árboles hay praderas verdes de hierba cortada y bajo la sombra de los grandes cedros orientales se encuentran de vez en cuando bancos con respaldos de ángulo adecuado para los perezosos sexagenarios, gente ya retirada aunque no realmente vieja.

Hay también mesas de madera pulida, con las patas en equis doble y dos bancos adosados y fijos. Pueden acomodarse sin estrechez seis personas en cada lado.

Suele ir Jack a la misma mesa cuando está libre. Los sábados y los domingos casi todas están ocupadas por familias con niños que van a comer al aire libre y llevan cestos y grandes fiambreras. Cuando la mesa de Jack está ocupada, se resigna y busca otra. A veces se acerca algún hombre, solo también, que no encuentra acomodo y dice a Jack:

—¿Me permite sentarme aquí?

Como es lógico, Jack mueve la cabeza afirmativamente. No he dicho que Jack es hombre de media edad, que ha sido piloto de aviación comercial, se ha retirado a los 55 años con sus ahorros invertidos y un cheque mensual de una compañía de seguros. Parece más viejo de lo que es y sólo padece un vicio que podríamos considerar virtuoso y saludable: la mujer.

Sin embargo, y quizá por eso, no se ha casado. Le gustan casi todas las mujeres y las que están llegando ahora, en la generación última, le parecen más hermosas que las de sus

6

tiempos juveniles. Supongo que eso le ha sucedido siempre a todo el mundo.

Cree Jack en la mujer aunque no en el amor. Cree en una serie de necesidades y transferencias recíprocas que ligan frecuentemente al hombre y la mujer y que se pueden dar en cinco niveles:

Sensual
Afectivo
Intelectual
Espiritual
Onírico.

Nada menos. Cada uno con sus besos diferentes, particulares y adecuados. Si hubiese encontrado una mujer que mostrara necesidades de reciprocidad con él en esos cinco niveles, se habría casado.

En general, sólo encontraba la necesidad recíproca primera: sensual.

Es frecuente que Jack pueda pasar una hora y hasta dos completamente solo, en el parque. Suele llevar un trozo de pan en el bolsillo porque tiene dos o tres gorriones entre sus amigos. Los tres son hembritas, de pecho color de canela clara, que son más confiadas que los machos. Y van a tomar de sus manos las migas.

Una de las gorrionas se queda comiendo en su misma mano con los deditos engarfiados en el pulgar de Jack, y el piloto la mira pensando: «Eh, niña, yo también he volado mucho en mi vida y más alto y más lejos que tú.» Jack tiene un *hobby* que lo absorbe: pinta. Y vende bien sus telas.

No todo es idílico en el parque. Ha habido algún asesinato en las noches oscuras y a veces un joven de apariencia decorosa se acerca a Jack y, bajando la voz, pide veinticinco centavos de dólar. Naturalmente, Jack se los da.

Entre el asesinato y la mendicidad hay otras muchas posibilidades que son las mismas en todos los parques del mundo: homosexualidad disimulada, exhibicionismo, propaganda religiosa, atletismo (casi todos los que lo practican son doctores de media edad, que no quieren morir del corazón y salen, casi desnudos, a correr dos o tres millas diarias), chicos huérfanos que llegan en grupos acompañados de un hombre maduro que pertenece a una organización llamada Los Hermanos Mayores y que dedican un día cada semana a jugar con esos huérfanos (*baseball*, *football*, etc.) para que no se sientan del todo desamparados. Esos *hermanos mayores* son considerados ejemplos de ciudadanía.

Hay pues, como en todo, cosas propicias y cosas dudosas o nefastas. También las hay indiferentes y neutras. Entre éstas, alguna de veras inesperada. Por ejemplo, un día conoció Jack a un matrimonio, ya viejo, y el hombre alzó la manga de su brazo izquierdo y mostró una cifra tatuada con seis o siete números azules. Era un judío superviviente de Dachau, y aquel ademán tan dramático parecía un corte de mangas bellaco. Lo que pasa en los malentendidos de la vida.

Jack le dijo que lo admiraba y que si podría ser de alguna utilidad dispusieran de él, pero ellos no han vuelto a acercarse a Jack. Lo saludan a distancia, sin duda porque lo ven abstraído y no quieren abusar de su amable disposición. Gente discreta.

En todo caso, como se ve, Jack tiene su mesa en lo que casi puede llamar su parque. Desde su casa no hay sino una distancia de cincuenta metros y un vallado de arbustos de hoja perenne. Por un lado la brisa del mar y por otro el aliento oxigenado de los árboles hacen la atmósfera más limpia, circunstancias que comienzan a ser percibidas y estimadas cuando se llega a cierta edad.

Un día estaba Jack solo y vio que se acercaban dos hombres. Uno se movía como si su esqueleto fuera de cera. Caminaba con la cabeza más avanzada que el resto del cuerpo, pero sin prisa y como por obligación. Aparentaba unos cuarenta años, aunque podría también tener cincuenta, y su aspecto era grave, casi dramático.

A su lado iba otro individuo fornido, bajo y rechoncho, de anchas espaldas y aspecto muy sólido, de la misma edad (aunque en los dos era imprecisa). Iban juntos, pero se veía que no eran parientes ni tal vez amigos. Se acercaban y, cuando llegaron, el hombre flaco y alto pidió permiso para sentarse y lo hizo en el lado contrario. Junto a él se sentó su compañero. Se veía que aquel individuo alto y desgarbado tenía alguna curiosidad por Jack. En cambio, el pequeño mostraba una distante indiferencia.

El que tenía curiosidad, como digo, era el flaco y alto y sin duda había visto a Jack otras veces. Ya sentado volvió a ponerse de pie como si se hubiera olvidado de algo y alargó su mano diciendo:

10

—Yo soy Mitchell.

Jack se levantó también y dándole la mano le dijo su nombre.

Pero Mitchell no presentó a su acompañante. El hombre bajo, recio y distante, estaba sentado con los codos desnudos apoyados en la mesa y las manos enlazadas, mirando a Jack con fijeza, pero sin impertinencia.

Sin duda Mitchell tenía ganas atrasadas de conversación y había algo extraño en su manera franca y abierta de hablar, siendo la primera vez que cruzaba la palabra con Jack, y también en el silencio de su acompañante, el hombre macizo y pequeño. Los dos llevaban camisas muy limpias, de manga corta. Los brazos de Mitchell eran delgados pero musculosos, tal vez de antiguo atleta. Los del otro parecían más bien de cargador de puerto, aunque en su conjunto daba aquel hombre la impresión de un burgués bien educado.

Y enormemente seguro de sí.

Más que Mitchell, quien tenía alguna inseguridad en sus gestos y movimientos. Además, Mitchell sonreía demasiado, con la expresión de alguien que conocía a Jack. «Tal vez —pensó el pintor— ha visto obras mías por ahí y

11

conoce mi nombre.» Esto le halagó un momento.

Hablaba Mitchell con acento extranjero. Jack entendía de esas cosas: juraría que era de origen ruso. Pero no se lo dijo, porque no quería adelantarse a establecer las bases de ninguna clase de confianza.

Jack era cuidadoso en esas cosas.

Le extrañaba la locuacidad del uno y el silencio del otro. Mitchell parecía hablar antes de pensar, es decir que se lanzaba al diálogo como al agua de una piscina, y una vez en ella nadaba en una dirección u otra. Hablaba jovialmente no importaba de qué: de la hierba bien cortada del parque, de los sistemas de riego por surtidores, de los pajarillos que cruzaban el cono líquido del agua para bañarse el vientre y las axilas, chillando de gozo.

Pensaba Jack, un poco extrañado: «Este hombre no está acostumbrado a que lo escuche nadie.» Y cuando se quedaba callado, Mitchell parecía profundamente dramático y triste. Por un momento sospechó Jack que aquel hombre podía no ser del todo normal, aunque, bien pensado, ¿en qué consiste eso de ser un hombre normal? No recordaba entre los que había conocido en su vida ninguno, a no ser esas gentes neutras (empleados de banco en sus taquillas, comerciantes en sus tiendas, sacerdotes en sus templos dominicales, profesores en su cátedra) que se obstinan en simular una normalidad profesional.

—Pero —se decía Jack— si hubiera entrado un poco en las vidas de aquellas gentes seguramente habría hallado también señales inusuales. «Yo mismo —se dijo— no me extrañaría de que alguno me considerara un bicho raro, incluso un neurótico.»

Desde que pintaba (hacía ya años) no le ofendía la sospecha de algún desequilibrio nervioso, aunque cuidaba siempre de dar una impresión correcta y afable.

Ese mismo *cuidado* podía ser un síntoma.

Bueno, todo el mundo tiene síntomas de algo, bueno o malo, y no había que pensar más.

Hablaba Mitchell de vaguedades sin importancia, probablemente para establecer una zona neutra donde hallar algún indicio sobre el carácter de Jack. Hablaba del tiempo, de las temperaturas máxima y mínima de la noche anterior, de los pelícanos que bajaban por la costa, desde San Agustín, a instalarse más cerca de Miami, de los detritos de las fábricas que iban al mar y mataban a los peces.

13

A veces Mitchell parecía un poco infantil para sus años, y aquella infantilidad tenía una tendencia a la humildad. Pero cuando callaba y dejaba de sonreír, tomaba un aire que podría parecer siniestro si mantenía el silencio y seguía mirando de frente.

Parecía disimular algo. Resultó que era un enfermo nervioso, no necesariamente loco. Él mismo lo dijo para demostrar sin duda a Jack su confianza y su simpatía. Cuando dijo que era esquizofrénico, Jack lo echó a broma y respondió:

—¿Quién no lo es en nuestros tiempos?

—Pero mi esquizofrenia es verdadera. Algún tiempo dudaron los médicos, pero ahora han firmado dos, y Uncle Sam me paga 500 dólares mensuales, con los que me arreglo mejor o peor. Hacían falta aquellas firmas. Sin ellas, aunque estuve en dos guerras, la de Europa y la del Japón, bajo banderas diferentes, no me habrían pagado nada. Eso de las banderas diferentes es raro, ¿verdad? Pero tiene su explicación. Lo mejor de todo es que no tengo derecho porque ni siquiera soy americano. Yo nací en Rusia, en Múrmansk, en el Círculo polar ártico, y mi verdadero nombre es Zagorski. Allí hacía incursiones en territorios esquimales. Al llegar la guerra me movilizaron, pero cuando los ejércitos americanos y rusos se encontraron en las cercanías de Berlín, había a mi lado un muerto americano que se parecía a mí, y como yo había aprendido inglés con los empleados del *trading post* canadiense en el Ártico y con los misioneros protestantes, pues, secillamente, cambié mi documentación por la del muerto y me puse a hablar inglés, y aquí me tiene. Soy ruso, pero me consideran americano, y el hecho de que yo lo confiese ahora no tiene peligro alguno porque creen que es un síntoma o un síndrome, ¿no se dice así? de mi esquizofrenia. ¿No le parece?

—Es posible —dijo Jack por cortesía—, aunque después de haber combatido tres meses en el ejército norteamericano creo que cualquier extranjero tiene derecho a la nacionalidad yanqui.

Seguía Mitchell con ganas de hablar. No debía hablar nunca con nadie o bien hablaba en vano y no le escuchaban. Jack comenzaba a pensar que el otro hombre que lo acompañaba y que no hablaba sería una especie de celador, vigilante, lo que antiguamente llamaban «un loquero». Aquel hombre, cuyo nombre ignoraba, era enterizo, tenía un rostro

15

ancho y bien afeitado y una caja torácica redonda, pero sin grasas. Un tipo adecuado para dominar, si llegaba el caso, a un loco agresivo. Aunque Mitchell no lo parecía o tal vez estuviera bajo los efectos de alguna droga tranquilizante.

El hombre bajo y ancho llevaba allí un buen cuarto de hora y no había despegado los labios. Miraba siempre a Jack, lo que es natural porque estaba en el lado contrario de la mesa, y a veces había en su mirada un atisbo de ironía, como si pensara: «¿Qué clase de tipo será éste para tomar en serio a Mitchell y hablar con él de igual a igual?»

Porque la primera vez que habló Mitchell de su esquizofrenia Jack no sólo dijo «¿Quién no lo es?» sino que añadió:

—Yo también soy esquizofrénico.

Al oír aquello Mitchell se alegró: «¿También usted? ¿Le paga Uncle Sam? Aunque tal vez usted no lo necesita. A mí me paga porque en las dos guerras tuve *shell-shock* y además parece que estaba un poco enfermo, desde siempre. En Rusia es más corriente esto de la esquizofrenia que aquí y pasa más inadvertido. Usted sabe, cuando tenía cinco o seis años andaba solo. Los chicos mayores me pegaban.

16

Las más pequeños escapaban de mí creyendo que les quería pegar. Las personas mayores no me estimaban, porque parece que siempre fui de presencia poco agradable. Los chicos de mi edad se sentían disminuidos si iban conmigo. De veras, señor. Y todo esto en Múrmansk, una ciudad que está nueve meses al año en sombra. Yo estaba en completa soledad y, lo que pasa, me dije: Tengo que aprender a vivir conmigo mismo. No es cosa fácil, ¿verdad? Todavía en aquella edad infantil el problema se aliviaba teniendo algún gato o perro o pájaro. Pero luego, al crecer, hace falta algo más, y uno andaba siempre corto de dinero. En fin a las mujeres tampoco yo les gustaba entonces y, aunque inventaba mentiras bastante sugestivas, ellas no querían oírme. No puedo decir que fuera un tipo de suerte. Nací poco antes de la revolución rusa y las cosas estaban muy negras, la verdad. Me alimenté meses enteros con tronchos crudos de col que encontraba en los basureros. No sé cómo pude sobrevivir. *(El celador lo oía sin escucharlo, pensando en otra cosa.)* Usted, aunque viejo, se ve que ha tenido una vida llena y puede andar por la calle sin custodia porque su esquizofrenia es menos grave que

17

la mía, al parecer. Usted puede venir al parque todos los días, ¿eh? Bueno, usted es además americano.»

Dijo Jack que para él ir al parque era como salir al *backyard* de su casa, porque vivía allí al lado.

—¿Dónde? —preguntó Mitchell con sus ojos súbitamente iluminados.

Iba Jack a señalar con la mano una de las casas próximas y creo que la señaló cuando vio que el celador le hacía una seña casi imperceptible de precaución. Sin decir nada, Jack entendió en su mirada: «No se lo diga. No le dé su dirección.» Aquel hombre sólido, vulgar y silencioso protegía a Jack. ¡Qué cosa más rara! Jack creía que la única misión de aquel tipo silencioso era proteger al ciudadano americano apócrifo. Quiso Jack decir la verdad. Es decir desengañar a Mitchell porque no estaba enfermo y trató de hacerlo de modo que no lo hiriera:

—¿Sabe usted? Yo tengo eso que llama Freud la esquizofrenia de los artistas. Nos curamos con nuestra obra. Pintando, escribiendo música, haciendo escultura, poesía... eso dice Freud. Yo pinto. Desde niño pintaba. Dejé los pinceles para coger el rifle porque fui también a la guerra, como usted. Todos fuimos a la guerra.

No era Mitchell un *ignoramus*. Sabía quién era Freud y sabía sobre sí mismo cosas curiosas. Era un esquizofrénico bastante consciente de sus desarreglos, lo que hacía el caso más triste. Tal vez tuviera un buen siquiatra. En todo caso Jack, por el momento, no veía en él nada anormal.

Cuando Jack señaló con la mano la dirección de su casa parece que Mitchell lo entendió muy bien. Pero volvió a sus confidencias como si aquello no tuviera importancia:

—Las mujeres eran el problema. Usted sabe. Uno se interesa. ¿Por qué tiene uno que interesarse por una mujer? Pero es una fatalidad y a mí me ha ido siempre bastante mal. En Polonia, siendo soldado, tuve una novia que me obligaba a robar cosas del almacén de mi brigada para dárselas a sus amantes. Es culpa mía. Soy una calamidad. En aquel tiempo la mujer era el umbral del paraíso. Así decía un amigo a quien mataron en Berlín. En Tokio, donde estuve más tarde como soldado americano, entré en un cabaret donde había una *geisha* que era la mujer más hermosa que he visto en mi vida. En serio. Hay japonesas lindas, pero aquella era como un milagro. Estaba yo solo en mi mesa y se acercó completamente desnuda, bailando, con todos los focos de luz encima. Cientos de vatios de luz blanca sobre su piel de color flor de cerezo. Bailaba alrededor de mi mesa y se me acercaba y seguía bailando mostrándose de espaldas, de perfil, de frente. La gente me miraba y se reía burlándose amistosamente de mí. Debía yo de parecer un idiota. Me controlaba con tanta violencia, que tenía miedo a desmayarme. Un idiota. ¿Usted qué preferiría? ¿Ser un idiota o un loco? Yo sé que eso no se elige, pero prefiero ser lo que dicen que soy, y usted perdone. Lo malo es que por ahora soy sólo un esquizofrénico. Yo querría convencer a todo el mundo de que antes que esquizofrénico soy un hombre, es decir que soy un *hombre* esquizofrénico. ¿Verdad? Somos hombres antes que enfermos, según creo. Es decir hombres enfermos. ¿Usted también? ¿Usted, entonces, es un hombre artista esquizofrénico? ¡Bah, usted y yo sabemos más que todo eso! Yo soy en realidad nada más que hombre y veterano de guerra. Pero todo el mundo piensa en mí como en una enfermedad caminadora, habladora, fumadora, cantadora (porque algunas noches de luna llena que no tengo sueño, me dedico a cantar). ¿No lo había dicho antes? (*El celador miraba a Jack desde una lejanía profesional de hombre violento. Violentamente profesional y silencioso y todavía ausente.*) Un hombre loco, si quieren. Bien. Pero un hombre. En Tokio aquella chica, que se llamaba Minako, no se burlaba de mí. Incluso me invitó a su casa. Yo le hice el amor y cuando iba a casarme con ella resultó que lo que ella quería era que la ayudara en sus negocios sucios de heroína. Ella me decía: «Los héroes entendéis de heroína.» Bromas. Porque siempre era como un ángel que estuviera siempre de broma y planeando negocios clandestinos. Allí fue donde los de la policía militar comenzaron a fijarse en mí, pero no pudieron atraparme en nada delictivo. Yo me enamoré de la chica, no lo niego, y tener que renunciar a ella y volver a los frentes fue un golpe rudo como suele decirse. Luego, en la primera línea, el ruido y la onda explosiva no ayudan mucho. ¿Comprende, señor? Bueno, usted también ha estado en la guerra. Yo tenía que matar gente. ¿Por qué matar a personas que no conocía? Era en Corea. Me daban un mortero, y un soldado ponía la granada y yo le daba al disparador. Un día, cuando avanzó mi escuadra, encontré tres coreanos muertos. ¡Lástima! Creo que fue uno de los morterazos míos que los mató. ¿Qué culpa tenían ellos? ¿Y yo? Pero allí estaban con las tripas al aire. Y yo me quedé horas y horas mirándolos y acordándome de Múrmansk, del Ártico y de los esquimales, mis amigos, que tenían sus ideas sobre el particular. Luego se las diré. Me gustaba ver aquellos hombres muertos y al mismo tiempo tenía ganas de llorar porque pensaba: «Así soy yo por dentro. Mi cuerpo es igual que el de ellos. Así soy yo por dentro y esa muerte me gusta porque es como si me hubiera matado yo.» La idea le parecerá a usted extraña, pero mi muerte me gustaba. Pensaba: «Por eso quizá matamos a los otros. Porque es como matarse a uno mismo, sólo que esto es más fácil.» Y dos días más tarde me abrí las venas. Mire usted (*enseñaba a Jack dos cicatrices enormes en el brazo izquierdo*). Yo me abrí las venas. Y veía salir la sangre y pensaba: «Es igual que la sangre de ellos, los pobres.» Porque ¿sabe? Todos somos unos. Usted y yo y éste (*por el celador*). Aunque este amigo viene conmigo para protegerme. Uncle

22

Sam me paga y yo doy diez dólares al celador el día que sale conmigo. Solo no puedo todavía salir porque creen que me gusta matar gente o matarme yo mismo y ¿quién sabe si tienen razón? En todo caso, me enseñaron en Rusia y luego lo practiqué en Alemania y en Corea. El siquiatra me dijo: «Prométame que mientras esté en tratamiento conmigo no intentará suicidarse.» Rara promesa. Supongo que el buen doctor no quiere que me mate para poder cobrar su trabajo. Es la vida. En todo caso, este celador sale hoy conmigo, mañana con otro, y nos protege y le tenemos que pagar algo además del sueldo que recibe porque en la vida todo es así. Le pago con gusto porque gracias a él puedo ir y venir por el mundo y encontrar personas como usted y tratarlas de igual a igual salvo que ellas son casi siempre más importantes que yo, claro. ¿Verdad? Cambiando el disco: ¿gana mucho con su arte? Lo desagradable, repito, es que no quieren ver en mí sino a un esquizofrénico y no a un *hombre* esquizofrénico. La diferencia tiene su interés, ¿verdad? Suprimen al hombre. Sólo queda el caso clínico. Me suprimen a mí y luego tienen miedo de que yo suprima a otro. Así es la vida. Ya le decía que de chico quería tratar de aprender a vivir conmigo mismo, porque la verdad es que todos me dejaban solo. Y me puse a aprender. Pronto vi que los demás estaban en el mismo caso mío, sólo que podían hacer daño y así, con ese daño, se les animaba su soledad. Perdone si lo digo a mi manera. Mataban a un perro, le daban una pedrada a un gato, violaban a una chica, hacían cosas no muy limpias entre ellos, y así creían estar acompañados. Al menos se encendía una luz en su soledad. Porque yo vi después, en la guerra, que cuando uno mata no se alegra, pero tampoco se entristece y su tranquilidad es legítima y meritoria. Y se siente acompañado y lo ascienden a uno, le dan medallas. Ya digo: una luz que se enciende en la sombra. Y uno se hace al oficio y cada vez se acostumbra más y mejor, y si tiene suerte todavía le ascienden otra vez. No era ése mi caso. No pasé de ser soldado, porque el pobre Mitchell de cuya documentación me apropié parece que no era gran cosa. Ahora bien, llega un momento, como le decía, señor, en que habiendo uno dejado de ser hombre y siendo sólo una enfermedad, uno quiere a veces matarse a sí mismo para acabar con ella, digo con la enfermedad. Lo otro no importa, digo, el hombre. Porque ya se ha marchado. Éste *(por el celador, que parecía dormitar con los ojos casi cerrados)* no se ha marchado. Usted, a pesar de lo que me ha dicho, tampoco se ha marchado y lo veo por la manera de escucharme. Nadie me ha escuchado así desde hace años, desde hace décadas. Y se lo agradezco como sólo un ruso sabe agradecer. No lo digo por nada, pero usted escucha al hombre enfermo, no sólo al enfermo como hacen el médico y el celador. Y el *hombre* está aquí *(se golpeaba el pecho suavemente)*. A veces pienso que no era preciso venir a la vida en Múrmansk, o en Boston, o en Tokio, y tomar esta profesión de hombre, porque aquel pájaro que brinca en la rama tiene sangre y voz y nido y hembra. Y paz, de veras. Más que yo tiene. Y no mata a nadie ni tampoco le gusta matarse a sí mismo. ¡A ver! Yo también maté en Polonia y en Alemania, y mejor que en Corea, y bien que lo siento ahora. Las chicas alemanas no bailaban desnudas para mí en los cabarets, pero venían detrás de la puerta a pedirme latas de sardinas y de duraznos yanquis de los que estaban llenos los almacenes de la intendencia militar. A ellas, pobrecitas, les hacían mucha falta.

Una se acostó conmigo por tres latas de duraznos. ¡Quién iba a pensarlo! Y era casada y me decía después que no engañaba a su marido porque su marido estaba engañado ya. Es lo que pasa. Su marido era soldado y estaba lejos de su mujer meses y meses. Y la chica me decía: «La patria los hace cornudos a todos.» La patria y no las esposas. Ya ve usted qué ocurrencia. No dejaba de tener razón, ¿verdad? Entonces, si la patria los había hecho cornudos, no tenía importancia que ella se acostara conmigo por tres latas de duraznos. Eso decía y perdone si no me explico bien. El caso es que tenía hijos pequeños y había que alimentarlos. Cosa delicada la mujer. Por los hijos es capaz de todo. Ya ve. Ella quería a su marido y así me lo decía. Y yo pensaba: «El pobre debe de estar con su rifle y su casco de acero bien solo, debajo de algún cobertizo enramado.» Mil veces había estado yo así. Porque los cobertizos enramados son el único escondite que tenemos contra los aviones enemigos. Y allí estaría bien solo el pobre marido. Aunque si podía matar a alguien, se sentiría menos solo. O quizá no. Depende. Es lo que uno piensa: mato, luego vivo conmigo mismo, con un amigo que mata. Es el único amigo que

26

he tenido yo hasta hoy en la vida, lo mismo cuando estaba en Múrmansk que en Moscú o en Nueva York. Porque éste *(por el celador, a quien señalaba con un movimiento del mentón)* no es amigo. No tiene amigos tampoco. ¿Y usted? ¿Es que los tiene usted? *(El celador miraba a Jack con una indiferencia desdeñosa como si pensara que Jack merecía y necesitaba también un celador, o tal vez fuera sólo una indiferencia profesional y distante, sin desdén alguno.)* Sólo vivimos cuando hacemos algo y si es bueno lo que hacemos vive el que lo recibe, y si hace uno algo malo vive nuestro amigo secreto que nos acompaña, querámoslo o no. En todo caso vivir con un criminal es mejor que vivir solo, ¿no le parece? Además, ¿quién prefiere ser víctima a ser verdugo? Yo no. Sólo hubo un caso en la historia: Cristo. Y ya ve lo que le sucedió si es verdad lo que cuentan, porque san Agustín decía que los evangelios estaban llenos de contradicciones y si no fuera por la disciplina de la iglesia no creería en ellos. También estaba solo Cristo, el pobre. Y es que cuanto más bueno, más solo. Todos los que parecía que lo acompañaban iban con él porque sacaban de él algo y más que algo. Al menos entendían la vida. Y él no sacaba nada, porque entendía mucho más de lo necesario para vivir, ¿verdad, señor? Y por eso lo mataron y sus apóstoles lo dejaron solo para que lo matasen, porque con su muerte todos salían ganando, aunque de otra manera. Con su vida se ganaban el tener un amigo y un maestro. Con su muerte habían descubierto al otro que iba con cada uno de ellos: al traidor. Al que asesinaba para decir: aquí estoy. Ya ves que no estoy solo. Y luego el milagro de la resurrección, señor. Porque eso sí que fue grande y los hizo grandes a todos. Pero los muertos de la guerra no resucitan. Y el milagro de Jesús les daba a todos los apóstoles sombra y compañía. Se fue Jesús, pero no estaban solos. Bueno, perdone si no me explico bien, señor. Porque lo que se dice solo, completamente solo, yo tampoco estoy. Aunque desde que pasó lo de Corea me pusieron en observación y más tarde pasaron otras cosas y ahora me ponen un celador para que ese amigo único y secreto que tengo no mate a nadie ni me mate a mí. También hay los que creen que me protegen y vienen a mi lado *(el celador parecía que quería sonreír, burlón, pero no sonrió sino con sus ojos, que cerraba*

casi del todo, dejando sólo una pequeña ren-
dija para filtrar la fuerte luz del día), también ésos, como el médico, me hacen jurar
que no me suicidaré mientras esté en tratamiento; también esos hacen su agosto y no lo
digo por el dinero, sino por la compañía. Tienen amigos. Yo no. Cuando me corté las venas,
pensé: «Mi vida es mía y hago con ella lo que
me da la gana.» Siendo niño en Múrmansk ya
había querido matarme dos veces. El propietario de mi vida soy yo. Yo mato a mi hombre
y de lo mío gasto, bueno, con perdón sea
dicho. Y hasta ahí todo estaba bien. Pero una
noche estaba solo en el hospital y me puse a
pensar y dije: «¿Mi muerte será sencilla o
doble?» Porque entonces todavía era yo un
hombre esquizofrénico y no como ahora, que
sólo soy esquizofrénico (sin *hombre*). Ya lo
dije antes. Disculpe si le aburro. De todas formas, simple y sencilla o doble y derivada, porque yo las llamo así, la vida de uno siempre
es problemática. Yo digo «mi vida» y digo «mi
muerte». Pero ¿quién es el propietario?
Jack le respondió:
—Usted.
—¿Y qué quiere decir cuando dice *usted*?

Porque es fácil decirlo, pero ¿qué es lo que entiende por *usted*?

—Pues... su cuerpo —le respondió Jack.

—Bien, mi cuerpo. Tiene toda la razón y es bien simple. Pero ese *mi* denota que hay otro propietario, todavía. ¿Quién es?

Sin mucha esperanza de ser creído, le dijo:

—Su alma.

—Es verdad, pero hay todavía un propietario de mi cuerpo y de mi alma. ¿Quién es? ¿El espíritu dice? ¿Mi espíritu? También hay un propietario. ¿Quién? ¿Dios? ¿Y acabamos así, en punta, hacia el infinito? ¿Verdad, señor Jack? Si hay un dios tiene que tener alguien detrás que lo ha hecho y que lo puede deshacer, tiene que haber un propietario. ¿Quién es el propietario de Dios?

Con la impresión de estar perdiendo el tiempo, pero perdiéndolo a gusto, le respondió:

—El propietario de Dios es su cuerpo de usted.

—Ah, entonces ¿todo consiste en volver a empezar? ¿Es como una rueda de la fortuna que gira y gira y sigue girando? ¿Es posible que usted, persona culta y famosa por la pintura, tenga razón y esté enseñándome el secreto más grande de mi vida? Gracias, señor. Ya veo que todo consiste en volver a empezar.

El celador miró por vez primera a Mitchell a la cara, aunque sin acusar sorpresa y ni siquiera curiosidad, sólo para comprobar que estaba allí, que no se había ido. Luego miró a Jack y éste se dio cuenta de que el celador seguía también la conversación y estaba esperando la respuesta. Jack dijo muy convencido:

—En cierto modo, sí. Nuestro cuerpo es dueño de su propia vida, que puede quitarse si quiere, y de su propia muerte, que puede darse si quiere. Es dueño entretanto de las leyes orgánicas, es decir físicas y morales y espirituales con las que Dios lo ha hecho. Nuestro cuerpo es dueño de Dios, nuestra alma de nuestro cuerpo, etc., y al final Dios es dueño de todo lo demás, pero cada cosa de las que usted ha dicho es dueña de Dios. ¿En rueda? No exactamente. Todo se conduce en esfera, y en la esfera todo es infinito, digo, los caminos. No acaban nunca. Cada punto de la esfera es el primero y el último, como queramos. Y así debe ser en un planeta esférico que forma parte de un sistema esferoidal que a su vez forma parte de una galaxia y de un universo esférico, ¿comprende? Y si vamos a lo más pequeño, incluso a lo invisible, como los átomos y sus electrones circunvalatorios, sucede lo mismo. ¿No es eso?

Mitchell comprendía y seguía preguntando:

—¿Entonces cada uno de nosotros es una esfera como el universo de Einstein? ¿Con el principio y el fin en cada uno de nosotros? Este —añadió dirigiéndose al celador— es más redondo que nosotros, es una bola de grasa, digo, de músculos.

El celador lo volvió a mirar, pero con una luz acerada en los ojos y los párpados, cerrados casi del todo, como si pensara: «¡Qué parlanchín lo ha puesto la nueva droga tranquilizante!»

—Este celador —explicó Mitchell— es bondadoso y fiel por su profesón y me mira porque quiere decirme que lo que tengo que hacer ahora es callarme o tomar otra píldora, o levantarme y pasear. Sobre eso, ¿qué quiere que le diga? Todo el mundo se pasa la vida diciendo a los otros lo que tienen que hacer. Es una manía general ésa. ¿Y usted? ¿No quiere decirme lo que tengo que hacer? Si me lo dice lo haré, porque su consejo será nada más una transferencia positiva como dicen los médicos, estoy seguro. No será un consejo interesado como el del celador.

Veía Jack que en la manera de expresarse aquel hombre había una especie de confianza creciente que no le disgustaba si le ayudaba a sentirse mejor. Pero Mitchell parecía desinteresarse del tema alucinatorio y pensar en otra cosa:

—Aquellas tres mujeres que hay en la otra mesa suelen venir cada día a ésta, pero al ver que la ocupamos nosotros no se han atrevido a acercarse. Cuando estoy yo solo con el celador vienen y se quedan aquí. Charlan, ríen y tejen. Buenas señoras, aunque ellas sí que quieren decirme lo que tengo que hacer. ¡Oh, las pobres viejas putas! Y usted perdone. Bueno, viejas no lo son todavía y sobre lo otro ¿qué quiere que le diga? Todas las mujeres querrían serlo, pero algunas no sirven, dicho sea con el mayor respeto, pero es lo que dicen: «¿Puta y no ganar nada? Para eso, mejor honrada.» Es una manera de hablar, y otra vez le pido que disculpe si hablo rudamente. A lo mejor son personas excelentes, pero uno se desahoga hablando. Uno es dueño de sí mismo según dice usted muy bien, pero todavía queda ese «uno». Ese *yo* redondo. *Mi yo*, decimos, y ahí va comprendida la esferita entera que usted dice y que yo comprendo muy bien, pero ¿no le parece que hay todavía un propietario? ¿Quién es el propietario cuando yo digo «mi yo»? La esfera entera con Dios comprendido tiene un propietario. ¿Quién es el propietario de mi esfera entera con Dios comprendido? Ésa es la pregunta que yo le suplico que me conteste. Yo he vivido en cuatro continentes y era una vida incómoda, la verdad. ¿Y usted? ¿En tres? Le llevo uno de ventaja, pero ¿para qué? Ese *yo* esférico tiene también un propietario que no es Dios, según dice usted, señor, porque ese dios forma parte de la esferita giratoria, ¿verdad? Tiene un propietario y eso lo saben muy bien aquellas tres señoras que no han querido acercarse hoy porque, viéndole a usted con libros y papeles en las manos y a nosotros dos al otro lado de la mesa, piensan que estamos haciendo algo importante. Negocios. O tal vez piensan que es usted, señor, mi doctor, aunque ellas no saben que yo estoy enfermo. Yo no les he dicho que soy esquizofrénico, y cuando tomo ciertas drogas no se nota. No lo digo a todo el mundo, porque eso representa mucha confianza y familiaridad y con las mujeres jóvenes o viejas nunca la he tenido. Es decir, para ser francos, la he tenido pero, dicho sea con todo respeto, solamente en la cama. ¿Usted las ve? La una hace *crochet*, la otra escucha noticias en una *casette* y la tercera pasa las hojas de un álbum. Seguramente un álbum de fotografías de familia. Sólo que la familia de ellas es la humanidad entera. Allá, al final del césped, en la glorieta donde está la fuente para beber, tienen el coche, aquel coche grande, gris azulenco, un coche caro, aunque no tan bueno como el de usted, que yo lo vi un día conduciendo y es un *corvette* blanco. ¿Ve sus cabezas? La una tiene el peinado a la romana, con esa cola que llaman de potro, es rubia y tiene los huesos de la mejilla levantados, altos, digo los pómulos —¿no se dice los pómulos?—, lo que quiero decir que tiene altos también los pechos y los ojos pequeños, un poco orientales, señor, que yo he estado en Oriente. Sólida ella, con sus gestos como de figura tallada en mármol. ¿Verdad? Me gustaría ser amigo de ella. La otra tiene una cabeza de efebo griego, toda ricitos. Ahora las mujeres son raras. O futuristas o ancestrales. Así debía de ser Lesbia en sus años maduros. Es lo que se me ocurre pensar. Y tiene los ojos demasiado grandes para su cara y la cabeza ladeada sobre el hombro y los dos hombros cubiertos graciosamente con un chal de algo como muselina. Sólida también como una gladiadora antigua. La tercera es la dueña del coche y suele jugar al golf porque yo he visto los bastones y las pelotas en una cesta en el asiento de atrás. ¿Sabe? Yo leo poco, pero lo que leo se me queda muy grabado. Y yo sé que esas señoras son *las moiras*. Son las moiras y ésta es su mesa. Ahí donde las ve, tan delicadas, son fuertes, tienen contornos que yo diría olímpicos y cuando hablan dicen palabras lindas y palabras sucias. Tan sucias como los conductores de camiones.

Jack estaba diciéndose: «Este tipo debe de ser alguien cuando habla de Lesbia y de las moiras. Debe de ser un hombre de cierta cultura. Al principio lo he tratado como a un tipo inferior y veo que una vez más me he equivocado juzgando a la gente.» Así pensaba Jack mirando también a las moiras.

—Ellas saben —seguía Mitchell— a quién le pertenece nuestro yo, es decir la esfera entera con el dios giratorio comprendido, como usted ha dicho muy bien. Ellas lo saben todo, pero no lo dicen nunca porque ellas no saben que lo saben, como la montaña no sabe que es montaña ni el mar sabe que es mar. Quizá diga tonterías, pero usted me entiende. Nos miran a veces así como sin ganas y han decidido que usted es viejo, yo soy feo y éste, digo el celador, es vulgar. Pequeño, rechoncho y fuerte como un toro, pero ordinario. Han hecho su decisión las moiras. Sin embargo, como saben a quién corresponde este *yo* nuestro, vendrían con nosotros hasta el fin del mundo sin mayores escrúpulos. Se nos distribuirían sin discutir, ¿verdad? Bueno, todo eso carece de interés, al menos para usted, que parece hombre listo y seguramente está pensando desde hace unos momentos que mi *yo* esférico y giratorio y circunvalador tiene un propietario y que mi propietario es éste *(señalaba al celador, quien miraba a Jack indiferente, con una ligerísima expresión de sorna tal vez porque Jack seguía atendiendo a Mitchell y tomándolo en serio)*, pero si es así permítame que le diga que se equivoca. ¿Cómo va a ser mi propietario si su vida depende de mí? Es propietario de mi esquizofrenia, que explota y de la que saca algún provecho, pero ya le dije antes que no soy solamente una enfermedad sino un *hombre* enfermo, lo que es muy diferente. En realidad lo que pasa... Bien,

37

esas moiras cada uno las ve diferentes. La del pelo a la romana está haciendo *crochet*, eso lo vemos todos, pero mientras hace *crochet* está pensando en los amaneceres en Honolulú porque cuando supo que yo había estado allí aunque nací en Rusia me dijo: «Lo felicito por los amaneceres, que son los más hidrogenizados (quería decir rojizos) del Pacífico. Hidrogenizados. Parece una bobada, pero las moiras son así. La segunda mujer, digo la del centro, es la última que queda de su clase en el mundo y cuando ella muera ya no habrá otra. Ésa me dijo: «Cada uno de los hombres que conocí en mi vida estaba loco desde el día que nació, y dedicó todos sus afanes y esfuerzos a disimularlo. Algunos lo consiguieron cuarenta o cincuenta años. Uno de ellos, toda su vida. Eso sí que tiene mérito.» («*Es mi caso*», *pensaba Jack.*) Y la tercera es igual que la segunda, pero más comprensiva. Me dijo un día: «Lo malo es que nadie puede *dejarse ir* porque entonces todos se le echan encima.» Tiene miga, eso, señor, y perdone que insista. Yo, por ejemplo, no me dejaba ir tampoco, ni en Rusia ni aquí, y entonces nadie se daba cuenta de mi estado. Pero ahora tengo que dejarme ir cada día y en cada momento;

38

si no, Uncle Sam no me pagará. Los otros no se dejan ir. Bueno, usted puede dejarse ir y con eso gana su buen dinero, ¿verdad? Con pintura. La esquizofrenia del artista, como decía. Se deja ir y le pagan los otros. Le pagan a usted por curarse y a mí porque no me curo. Si yo me dejo ir sólo me puede pagar Uncle Sam y es lo que pasa: si cada cual se dejara ir, ¿cómo iba Uncle Sam a pagar a doscientos cincuenta millones de tipos como yo? Todo hay que considerarlo porque la moira tercera sabe muy bien que todos estamos locos y nacemos ya locos y vamos creciendo locos, pero cada cual encuentra una manera de disimularlo y de esconder su locura, y así van marchando hasta que se hacen viejos. Los que no pueden más se hacen frailes, o gangsters, o artistas como usted. Para lo primero hace falta tener fe; para lo segundo, pistola; para lo tercero, talento. Lo bueno de ustedes los artistas es que pueden hacerse los locos (siéndolo en realidad por su misma naturaleza) y a la gente no sólo no le importa sino que los aplaude y les paga. (*Mitchell buscaba por sus bolsillos algo, tal vez papel, porque en la otra mano tenía una pluma estilográfica. Al no encontrarlo se resignó y se guardó la pluma.*) Usted, por ejemplo, es un artista y cuando se hace el loco no tiene más que dejarse ir. Entonces la gente cree que es arte lo que es naturaleza, y se entusiasma y dice: «¡Vaya pintor!» ¿No es eso? En el caso de la mayoría de la gente es lo contrario. Se hacen los cuerdos y para eso hace falta más talento todavía, muchísimo más. Yo me hice el cuerdo más de treinta años, pero era difícil y tuve que dejarme ir, porque la guerra me descubrió. Bueno, la certidumbre de lo que la gente llama mi esquizofrenia vino después, con la paz. Ya le contaré cómo fue.

—¿Dice usted que es difícil hacerse el cuerdo?

—Muy difícil, señor. Se aburre uno hasta la muerte. Y ahí estamos. Cerca de cuatro mil millones de seres humanos alrededor del planeta haciendo lo que pueden para que no se enteren los otros de que están locos. Un verdadero derroche de talento, la verdad. Pero ¿para qué sirven? En el fondo, es inútil. Ésas —y señaló a las moiras— saben muy bien lo que nos pasa a todos. Lo saben y se lo callan. Ahora mismo nos están mirando y quién sabe lo que piensan. ¿Ve usted?

—¿Qué quiere usted decir?

—Saben todo lo que nos pasa a usted y a mí. Y saben lo que les sucede a los demás. Con esas tres viejas putas, digo con esas tres señoras, no hay bromas.

En la mesa donde las moiras estaban —no lejos de ellos— había dos palomas, una blanca y otra color de miel. A veces las palomas acuden a las manos de la gente y no es raro ver que algún individuo malhumorado y poco amigo de las aves las ahuyenta con el bastón. Las moiras parecían divertirse dándoles de comer algo que sacaban de una bolsa de papel.

Y Mitchell, receloso y escarmentado al parecer, las miraba diagonalmente y volvía a hablar:

—Hacen mal las moiras en darles de comer a las palomas y sobre todo en tocarlas. Las palomas frecuentemente están enfermas y transmiten una infección que no sé como se llama, pero que es cosa de la piel. Algo como *psoriasis*. Usted sabe que es muy importante la piel para las damas. Pero volviendo a lo nuestro, usted es Jack y yo Mitchell. *(El celador miraba a Jack pensando: «Si sigue escuchando a Mitchell se va a arrepentir quienquiera que sea usted», pero en eso el celador se equivocaba.)* Como le decía, señor, yo hice la guerra en el lado ruso y luego en el americano. La guerra, lo mismo que tantos otros. Negarse a ir a la guerra habría sido razonable, pero discrepante, y la discrepancia es lo que llaman locura. Y como todos estábamos realmente locos de honradez y tratábamos de disimularlo, íbamos a la guerra para parecer como los demás. Para no discrepar, como decía antes. ¿Nosotros somos propietarios de nosotros mismos, según usted? ¿Y desde nosotros a Dios hay mil caminos con mil direcciones, y de Dios a nosotros los mismos caminos con las mismas direcciones alrededor de la enorme esfera? Seguro que tiene usted razón, pero en todo caso no pude evitar ir a la guerra. Usted tampoco. Fuimos a la guerra nosotros, propietarios de nuestro cuerpo, de nuestra alma, de nuestro espíritu y de nuestro dios, y acompañados de todos ellos. Y por encima de nosotros había otro YO con mayúscula y con sus ideas sobre la guerra y la paz. Con todo eso fuimos a la guerra. Quiero contarle algo que seguramente le va a interesar y que sólo yo podría contarle. Lo digo sin tratar de mostrarme interesante. Algo que no olvidará usted fácilmente y que tiene su intríngulis, como todas las cosas. Al llegar a

Polonia y liberar a los judíos que quedaban vivos, y que no eran muchos ya, conocí a un doctor que era sólo judío por parte de padre y doctor en humanidades por Heidelberg, que es una universidad famosa. Usted habrá oído hablar de ella. Se llama ese doctor Thomas y había estado en Polonia cuando la ocupación alemana e intervenido con una comisión internacional para salvar a algunos profesores judíos. Porque los alemanes los querían matar. Lo que pasa: la comisión no tuvo ningún éxito. Más tarde arrestaron también a Thomas y cuando los soldados rusos llegamos allí estaba en las últimas el pobre. La piel y los huesos. Afortunadamente los yanquis mandaban alimentos a Rusia y había buenos médicos en el ejército y de una manera cauciosamente creciente, por decirlo así, le devolvieron la salud. ¿Me oye, señor? ¿O no le interesa? Algunas semanas después éramos amigos Thomas y yo y me contó algo que ahora voy a contarle yo a usted. A nadie se lo he contado hasta ahora. A éste *(y señalaba al celador que seguía impasible y ausente)* tampoco. Éste no tiene *ego* ni *superego* sino buenos músculos y si nos da una hostia a usted o a mí desaparecemos del mapa, dicho sea sin faltar a nadie.

Entretanto, como ve, no dice nada. Él me protege con su sombra y yo con los diez dólares del día que salimos a pasear. Todos somos necesarios. Él está también loco, creo yo, a su manera, y a su manera lo disimula también. Tiene una válvula de escape, como los otros: el culto de lo irracional a través de alguna clase de religión. Eso ayuda a disimular. Peor para él. O mejor, quién sabe. Yo, como le dije, no disimulo nada y usted en cambio todavía disimula, probablemente, y con talento. Pero aunque eso del arte le ayude a compensar su esquizofrenia, la verdad es que disimula su locura, lo que la gente llama locura, claro, porque tener esquizofrenia en un grado mayor o menor no es estar loco y hay esquizoides y esquizoides. Yo reconozco que no comprendo mi caso ni trato de comprenderlo, aunque sé de mí mismo más que los médicos. ¿Quién sabe lo que le pasa a cada cual cuando se deja ir? Perdone en todo caso, mi divagación. Lo que quería decirle es que el doctor Thomas se salvó con los buenos alimentos del ejército de liberación. Nosotros somos buenos ayudando al necesitado, eso es verdad. Y somos salvajes e implacables con el que cree que se basta a sí mismo. Si tiene un accidente, una herida, una necesidad, y lo confiesa todo, el mundo le ayudará en este país, porque el americano cree que Dios es *los demás*. Todos los demás. No sé si darles la razón o no, pero es eso lo que creen. Para mí *los demás* son los individuos como ese celador, todos en masa, y no se dejan ir porque entonces ¿quién les daría dinero? Cuando uno se deja ir, discrepa. Es el peligro. Y no son malas personas, como usted ve. Pero perdone que me haya desviado otra vez. Volviendo a lo del doctor Thomas, me contó que había sido testigo de un hecho trágico grotesco, una verdadera abominación que comenzó en Varsovia y acabó en otra ciudad polaca de cuyo nombre ahora no me acuerdo. Tal vez me acuerde más tarde, a medida que vaya saliendo mi historia. La cosa fue ignominiosa y consistió, nada menos, en coronar a un rey judío con el nombre de David II, para matarlo después. Era un hombre cincuentón con manía de grandezas, paranoides los llaman, que no hacía daño a nadie. Judío, desde luego, pero ni siquiera era religioso. Era judío por inercia y por tradición, porque había nacido de padres judíos. No había aprendido a disimular ni siquiera con la religión, que es la manera más fácil y más general porque en ella el culto de lo irracional es autorizado por las costumbres. David II, hombre flaco, alto, desgarbado, así como yo, aunque no hay judíos en mi familia y no lo digo con vanidad. Me parecen tan bien o tan mal los unos como los otros y con todos juntos no va a hacer mucho negocio Satanás, porque no valemos la pena, ¿verdad? ¿O usted cree que sí? Era un hombre parecido a mí según me dijo el doctor Thomas, y por eso se le ocurrió contarme el suceso. ¡Vaya suceso! En la guerra nadie se extraña de nada, pero aquello era demasiado, la verdad. Se consideraba David el rey del *ghetto* de Varsovia. ¡Pobre hombre! Al enterarse Hitler cuando pasó por allí, le dio un ataque de risa de los suyos, que eran diferentes de los de la gente común. Una risa como el tableteo de una ametralladora, una risa seca y sin alegría, como el crotorar de una cigüeña. Ordenó Hitler a la Gestapo que le siguiera la corriente al pobre David y que lo coronara públicamente y le hiciera seguir como tal rey coronado, con cetro y armiño, el camino de todos los demás judíos. Lo ordenaba el Führer y seguía riendo a su manera. ¿Me oye usted? Escuche, que vale la pena, y perdone en todo caso si abuso de su paciencia. Algunos oficiales alemanes llamaron a David y le dijeron que iban a coronarlo públicamente rey de Judea. La autoridad de David II fue establecida y le hicieron una corona de oralina y un manto de armiño, y le dijeron que sus dominios se extendían al *ghetto* entero de Varsovia y además a Poznan, Lodz y Cracovia. En un tablado público le dieron el manto de armiño falso y el cetro, y le pusieron la corona. Con todos esos arreos y emblemas lo instalaron en una casa de las más decentes y le pusieron servidumbre e incluso ministros. Ya ve usted. Es lo malo de los alemanes, que individualmente son razonables y disimulan, pero en masa se dejan ir y luego pasa lo que pasa. El doctor Thomas me decía que en lo futuro habría que evitar la complacencia en lo monstruoso y él estaba estudiando el caso para escribir un día algo como una psicología del mal. En todos los niveles, incluso en el que parece más frívolo: el de los símbolos. Lo digo porque el emblema del imperio judío creado por los nazis no era un león ni una águila, sino una mosca. *(Oyéndole hablar así, Jack pensaba que aquel Mitchell no era el pobre diablo que había creído al principio, sino tal vez un hombre de inteligencia cultivada, deteriorado por las experien-*

cias guerreras o simplemente por la vida. Un hombre igual que Jack, pero que había decidido no disimular más.) Por si faltaba algo, los nazis decidieron acuñar moneda con la efigie de David II, bien perfilada. ¡Qué le parece! Verdadera moneda de níquel sobredorado que parecía oro. Tenía en un lado la cara noblemente semítica de Baruc —así se llamaba David— y en el otro habían puesto la estrella de Salomón y una mosca en el centro. La mosca imperial con todas las apariencias de una verdad grotescamente histórica. La mosca, ya ve. La mosca vil de los muladares. El valor de aquella moneda era de tres *reichmarks*, es decir, bastante considerable en aquellos días. Como puede usted suponer, señor, algunos se negaban a recibirla, pero otros se dieron cuenta de que aquellas monedas serían buscadas un día por los coleccionistas y comenzaron a darles más valor del nominal. Hoy, por un raro capricho de las moiras, esa moneda vale más que su peso en oro, es decir más de cien marcos occidentales. No mire usted a aquellas mujeres, que no intervinieron para nada. Son las moiras y siempre son tres, y van juntas y andan teje que teje con sus largas agujas y sus muslos descubiertos al sol y sus caderas anchas y estériles. Pero ¿no es un acto de misteriosa justicia que aquellas monedas a las que los nazis no daban valor alguno valgan hoy más que si fueran de oro legítimo? El doctor Thomas decía que había en ellas el oro de la justicia inmanente. Yo no sé. Tal vez usted lo comprenda mejor que yo. El rey daba audiencia y recibía emisarios farsantes del campo *kraut*, es decir *boche* o nazi, quienes le consultaban por burla sus decisiones en relación con los otros judíos. ¡Qué horror! El lado burlón de aquellas consultas no lo entendería David II, porque con la corona y el cetro se había agravado su enfermedad. Bien pensado tenía aquello su lado favorable, porque el pobre era feliz por vez primera en su vida. El terror dominaba a la población de Varsovia, especialmente a los judíos, como puede suponer. *(Contaba Mitchell incidentes raros, que en aquellos días debían de ser de un poder devastador y que Jack, por una rara aberración, llegaba a considerar más grotescos que crueles.)* Los nazis, al dirigirse a su majestad, lo hacían en tercera persona: Si el Señor se digna escuchar nuestras sugestiones desearíamos hacerle saber que siendo la moral de Varsovia bastante baja a

consecuencia de la derrota de las tropas po-
lacas por las del III Reich, convendría que
vuestra majestad se dignara acudir a algunos
lugares, donde se instalará un trono provisio-
nal, y con su noble presencia mitigará la pesa-
dumbre y zozobra de los vencidos. Así decía.
Se diría que era verdad. Hablaba el tal nazi
como un verdadero súbdito de David. Luego
le decían al rey que el poder de su mirada era
alucinatorio, es decir fascinador e hipnótico
y que su sonrisa era bastante para hacer felices
a los que la recibían por un período de tres
lunas consecutivas. Lunas y no soles, porque
antiguamente los hombres contaban por lunas.
Con todo esto el pobre señor Baruc seguía
loco, pero su locura era individual como mi
esquizofrenia, pero la de los alemanes era
en masa, como dije, y sanguinaria y bestial.
*(Mientras hablaba, el celador miraba a un an-
ciano en un banco próximo limpiando los labios a su nietecita, que estaba devorando un
helado de chocolate. En la expresión del silencioso celador había una conjetura de sonrisa.)*
Los alemanes, para hacer las cosas más com-
pletas, obligaron al rey David II a casarse con
una judía de la misma edad más o menos,
enferma también de los nervios aunque no

loca. Ya se sabe que las mujeres no disimulan su locura natural y por eso han llegado a hacer de ella como una segunda naturaleza, y también, por la misma razón, viven más que los hombres. La pobre aceptó pensando que mejoraba su situación y la de los suyos. Además ¿cómo negarse? La boda se hizo con cierto esplendor y al estilo de los hebreos ortodoxos, que es muy brillante y poético. Duró dos o tres días. Los nazis copiaron el ritual del *Dybbuk* de Salomón Rapopport, la obra nacional *yiddish* que no sé si usted conocerá, con la que también se ha hecho una ópera. Yo la vi en Miami hace tiempo. Se trata de algo como teatro poético, pero en la obra de Rapopport la novia tiene dentro una especie de demonio, o el espíritu de otro hombre que murió, y la novia de David decía, extrañada: «Yo no tengo demonio ninguno, señor Baruc.» Y protestaba contra los nazis, en vista de lo cual éstos obligaron a la pobre mujer a desnudarse y ponerse una camisa de piel de camello con los pelos hacia dentro, para castigarla, ordenándole con voz tonante: *Abrichten golos!* Porque seguían las formas de penitencia del Antiguo Testamento. Entretanto el monarca miraba sin comprender, limpiándose las uñas con un cortaplumas. Decía el monarca que se consideraba un buen *chassid*, es decir miembro de la secta más distinguida entonces, y hoy, según decía Thomas. A los pies del rey habían puesto los policías nazis un escudo —el de David—, pero en lugar de los leones dos moscas grandes de cartón, una a cada lado. En la simbología de los viejos tiempos que tanto debe a los pueblos de Mesopotamia, según decía el doctor Thomas, éstos ponían a los dos lados del objeto al que querían dar especial realce dos animales, mirándolo. Interesante, ¿verdad, señor? Era lo que habían hecho siglos atrás con el árbol del paraíso terrenal, aunque allí no eran dos animales sino Adán y Eva, usted comprende. Pero lo importante según el doctor Thomas era el árbol de la vida, del que partían los cuatros ríos. Ríos sagrados, claro. *(Mitchell descansaba un poco para tomar un sorbo de café de un termo que llevaba el celador, después de ofrecérselo a Jack y él declinar.)* Los policías nazis dirigiéndose al rey y quitándose las gorras decían: *Mazeltov!* Es decir, buena suerte, en *yiddish*, y el pobre rey los creía. Era un santo, lo que no es raro entre los llamados enfermos mentales. Pero David sentía que en su imaginación ardían luces inspiradamente lógicas o lógicamente inspiradas o locamente convincentes —así me decía Thomas— y a veces daba gritos con medias palabras en las que trataba de decir cosas terribles. La novia repetía que no tenía espíritu maligno alguno que la poseyera, y que por lo tanto algunos de los actos rituales de la boda del *Dybbuk* no eran necesarios. La pobre tenía razón y le sobraba. Pero los nazis insistían, como usted puede suponer. Decía el rey con el cetro en la mano y alzando la voz: «Cuando un cirio se apaga, lo encendemos otra vez y vuelve a arder y a iluminarnos. Si eso pasa con un cirio, que no es nada, ¿qué será con una idea humana? ¿Y con una vida? Una vida humana tiene que consumirse también hasta el fin. Cuando alguien muere antes de su término natural, por haber sido asesinado, queda el cirio sin consumir y al encenderlo de nuevo su alma vuelve al mundo a gozar o a sufrir con nosotros lo que le habría correspondido sin el asesinato. Los muertos van en fila por la noche a la sinagoga y allí rezan las oraciones que no pudieron rezar en la vida porque les faltó tiempo. ¿Oyes, mujer? Mi madre murió en su juventud por un accidente desgraciado y no tuvo tiempo de vivir toda su vida natural, digo, la que Dios le había dado. Por eso yo quiero ir al cementerio ahora a decirle que soy rey y que me caso contigo. Después de la ceremonia ella vendrá, aunque nadie la vea, y bailará en grupo con nosotros, y tú serás su alteza real y su nuera, y las otras mujeres tus súbditas.» Estas cosas decía David. Usted se preguntará cómo es que yo me acuerdo tan bien de las palabras de Thomas, pero es que lo mismo que los actores se meten dentro del alma del personaje que representan, yo me he metido ahora dentro de David II y usted perdone si le extraña. Pero es la pura verdad y luego lo verá más claramente y no lo digo por nada, pero es que además de la esquizofrenia tengo una racha de epilepsia que me viene tres días cada mes, como a las mujeres la menstruación, y puede reírse usted si quiere, pero es la pura verdad. Los médicos me han puesto electrodos en la cabeza para entenderlo, y otras cosas que le diré si tiene usted la bondad de seguir escuchándome. Así David II continuaba hablando y decía: «Eso pasa con todas las almas que dejan el mundo antes que les llegue su hora. No las vemos, pero están a nuestro lado y pueden ser tantas y tan fuertes que cambien la sustancia de las cosas y hagan

54

lo blanco negro y lo amargo dulce y lo injusto lo borren y destruyan para que lo justo prospere. Entre los muertos hay almas buenas y malas. Las malas vuelven en forma de bestias o plantas venenosas.» *(Oyendo a Mitchell creía Jack que aquel hombre estaba haciendo un poco el bufón imitando a un viejo judío; pero, a juzgar por la expresión vigilante del celador, estaba Mitchell en una especie de trance epileptoide y hablaba incluso con una voz un poco diferente de la suya. Esto, como digo, tenía al celador un poco alerta y miraba a Mitchell de reojo sin perderlo de vista. En torno a ellos las luces meridianas eran tibias y destacaban la blancura de dos polillas que revoloteaban sobre un macizo de arbustos oscuros.)* Algunos nazis supersticiosos, oyendo a David, temblaban dentro de su piel y miraban recelosos. Veían en los ojos de los judíos que lo escuchaban con esa falta de fe de los que están oyendo a un loco aunque éste pueda decir ocasionalmente las palabras de la verdad y la sabiduría. Es lo que le está pasando ahora al celador oyéndome a mí. Y tal vez a usted mismo, señor. Pero yo repito las palabras de Thomas con su misma voz y entonación, y la memoria me viene de más adentro que el re-

cuerdo y que la razón. Porque usted es mi
amigo, usted sabe escucharme. El monarca
citaba a veces como autoridad a Bratslaver
nada menos, poeta y filósofo judío, y también
el sagrado Balshem, fundador de la secta Chas-
sidi, y contaba algo pintoresco y de una rara
elocuencia *(aquí el tono de voz de Mitchell
cambió otra vez y se hizo más alto y vibrador)* :
«Un día vino a Meshibach una tropilla de acró-
batas alemanes que hicieron sus juegos en las
calles de la ciudad. Después fueron a las afue-
ras, tendieron una cuerda a lo ancho del río
y uno de ellos fue pasando por ella, en equilibrio, hasta el lado contrario. De todas partes
la gente acudía corriendo para contemplar
aquel prodigio, y en medio de la multitud
estaba el sagrado rabino Balshem. Sus discí-
pulos le preguntaron por qué acudía a aquel
lugar y él respondió: "Quería ver cómo un
hombre cruzaba el río sobre la cuerda sin
caer al agua, y estoy pensando que si nosotros
sometiéramos nuestra alma a una disciplina
tan cuidadosa como éste somete a su cuerpo,
¿qué dificultades no podríamos superar a lo
largo de nuestra existencia? ¿No os parece que
sería hora de intentarlo?"» *(Aquí Mitchell
cambiaba otra vez de acento y el nuevo no era*

el natural suyo ni el anterior, porque parecía tener dentro un equipo de actores recitando sus papeles con inflexiones y acentos diferentes.) A todo esto el pobre monarca decía otras cosas más cerca aún de la ortodoxia judía: «Hay en el mundo setenta lenguas y la más sagrada de ellas es la lengua de Israel. Lo más santo de lo que se ha escrito en esa lengua es la sagrada Torá. En la Torá, la parte más santa es la tabla de los mandamientos de la ley que Dios dio a Moisés. A una hora determinada de un determinado día del año todas esas cuatro perfecciones se reúnen. Es el día de la expiación. La nuestra será para la salvación de nuestro pueblo.» *(Hablaba Mitchell accionando con las manos abiertas cuando detrás de ellos se oyeron chirriar los frenos de un auto que trataba sin duda de evitar el choque con otro. Pasado el sobresalto, que fue un poco excesivo, Mitchell continuó)*: Así hablaba el rey el día de su boda: «Todos mis siervos estén alerta, porque al impío lo excomulgaré haciendo sonar el Shofar, el cuerno del carnero español en el que soplábamos los sefardíes del pasado en Toledo. Muchos de los nuestros han muerto. Otros morirán, esposa mía. Ahora debes ser tú quien diga la oración de los muertos por todos ellos y por nosotros y por los que vengan.» La esposa, obediente, tartamudeaba: *Yusgadaal-veyiskadesh-shmeh raboh*... Otra vez los alemanes, que no entendían *yiddish*, miraban recelosos, y uno se golpeaba el pantalón militar con el rebenque. *(Pero al oír hablar* yiddish, *el celador miraba asombrado a Mitchell aunque sin decir nada. Era como si se preguntara a sí mismo: ¿Cuándo ha aprendido Mitchell este idioma?)* Entonces la novia tuvo miedo y tomó la mano del rey, quien, volviendo el rostro con una majestad verdaderamente impresionante, le dijo: «No temas, amada mía, porque hay sesenta gigantes con las espadas desnudas que te protegen y me protegen a mí contra cualquier amenaza. Los padres y las madres sagradas e invisibles que nos contemplan, nos guardarán contra las malas hechicerías. No tengas miedo, paloma.» El jefe de la policía nazi se dirigió a la población judía: «Ahora deben cantar los súbditos. Que canten los súbditos la canción de boda.» Y se oyó en la masa alguna voz aislada aquí y allá que coincidían entre sí, tímidamente, para decir la canción de boda:

Os han puesto bajo el dosel
en esta hora bendita, en este momento feliz
y acuden vuestros padres buenos y virtuosos
del jardín del Edén, de los campos de Elías
vestidos de oro y plata con rosas en las ma-
                                        [nos...

Así siguieron cantando hasta terminar. Luego, el jefe del campo mandó que se incorporaran todos al coro cantor y la masa entera repitió la canción con voces más bien lastimeras. *(Había cantado Mitchell a media voz la verdadera melodía, difícil sin duda, porque tenía ese aire oriental o español que un yanqui no podría imitar aunque un ruso estaba más habituado. Escuchando a Mitchell se preguntaba Jack si en lugar de un esquizofrénico no sería lo que antiguamente llamaban un poseso. Poseído por varios demonios, algunos con talento escénico. Pero tal vez aquellos posesos de la antigüedad eran eso precisamente: esquizofrénicos. En todo caso, había un problema de memorización que extrañaba a Jack lo mismo que al celador. Y no se atrevían a interrumpirle. Mitchell seguía)*: Conmovida la esposa entró en situación y gritó pensando en los jóvenes enamorados muertos sin haber llegado al tálamo: «Venid todos a mí, los novios asesinados, que yo os llevaré en mi corazón. En nuestros sueños mi noble esposo y yo meceremos la cuna de vuestros bebés y les cantaremos las canciones que les habíais cantado vosotros, y yo, en mis horas mejores, les coseré las ropitas que sus madres les habían cosido.» Al decir esto la novia se puso a llorar. Otras mujeres lloraban, entre la multitud de los judíos, y entonces un policía gritó: «¡El rey está casado! Digan todos: ¡Viva el rey!» Dándose cuenta de que se trataba de una farsa, algunos judíos se negaban a responder, pero los más tímidos obedecían confusos preguntándose a qué obedecía todo aquello. Querían también los nazis que la nupcia (es decir la intimidad de hombre y mujer), fuera espectacular y pública, pero aquello era demasiado, y el monarca loco, a pesar de su locura y la reina medio histérica hicieron como que no entendían y no hubo manera de hacérselo comprender. Aquella monarquía duró algunos meses, durante los cuales el rey fue más feliz que Hitler, tal vez. Menos mal. Dios es justo o humorista, y la locura tiene a veces privilegios, creo yo. Usted y yo lo sabemos por eso de la esquizofrenia. Bueno, usted no tanto, porque la cancela con su obra de arte. Es diferente y aunque le admiro no me atrevo a envidiarle. Una mañana las autoridades alemanas decidieron que apenas quedaban en Varsovia súbditos de David II y fueron a comunicar al rey, con las ceremonias más solemnes, que debía trasladarse al campo de concentración de Osviecim, adonde lo llevaron con su casa real y con la pompa histórica o histriónica de siempre, diciéndole que allí encontraría congregado a su pueblo. Congregado, decían. Ya ve usted. *(Diciendo esto, Mitchell, emocionado, alzaba y bajaba la voz y accionaba con movimientos excesivos. Desde la mesa próxima una de las moiras se detenía a mirarlo con las agujas de tejer inmóviles en el aire.)* Más de seis millones de súbditos de David II pasaron por las cámaras de gas de Majdanek y Osviecim, y cuando llegó el rey, acompañado de su esposa y su séquito, las chimeneas de aquellos hornos echaban humo día y noche, trabajando a toda capacidad. Para que entrara David II en el campo, según su rango, los nazis pusieron una alfombra roja desde el lugar donde se detenían los camiones de carga hasta la plazuela central del campamento, en donde habían dispuesto un sillón con dosel y algunas sillas alrededor. Todo muy al caso. Un hombre ordinario habría creído que iba en serio. Al bajar del camión se vio que el manto de púrpura que llevaba el rey era de más de seis metros de largo y lo sostenían por las esquinas dos niñas vestidas de pajes. Los reclusos de Osviecim abrían grandes ojos de asombro y no sabían qué pensar. Usted mismo, oyéndome se asombra : confiéselo. Siente una tendencia al rechazo violento y tal vez a la agresión, pero ideas ninguna. La verdad es que el crimen era incalificable. Yo sólo cometí uno en mi vida : violé a una niña de ocho años, pero más tarde me pusieron electrodos en la cabeza, y el sexo no me interesa ya. Incluso la violación fue culpa de la niña más que mía, porque yo le dije : «No, te haré daño», y ella me respondió : «¡Qué tonto eres! Eso no hace daño.» Ésa es otra cuestión, claro. Perdone que hable de esta manera, es decir saliéndome del asunto. Bueno, aquello era un crimen. Un oficial vestido de gala hincó la rodilla y, sacando un papel que tenia una cinta colgante con un sello dorado, leyó : «Después de dar la bienvenida a su majestad es nuestra obligación manifestarle con los debidos respetos que, habiendo la mayor parte de vuestros súbditos pasado al reino de

62

los muertos, y encontrándose en él sin cabeza y desamparados hemos decidido, después de graves y severas deliberaciones, enviar a vuestra majestad con ellos. Glorioso será el día de hoy que se reunirán en los estadios de la eternidad, bajo el suave yugo del rey David II. Así, pues, dígnese vuestra majestad poner su firma al final de esta notificación de la sentencia de muerte antes de proceder a su cumplimiento, ya que sin su augusta aprobación nunca nos atreveríamos. ¿Tiene algo que decir vuestra majestad?» La reina comenzó a temblar y a llorar, aunque manteniendo una apariencia digna, es decir, sin extremos de desesperación, porque sabía que era eso lo que estaban esperando y deseando los nazis. En cuanto al rey, antes de firmar, dijo levantando la voz y dándole inflexiones extrañas que sonaban más a graznido de ave que a lenguaje humano: «David matará siempre a Goliat, el gigante, con su honda y su piedra. Con una pedrada entre los ojos David matará al gigante.» *(Jack se decía: este Mitchell debe de tener puestos los electrodos de la memoria y se acuerda de los más mínimos detalles.)* «¿Dónde está el gigante?», preguntó un oficial. «En su oficina», dijo David puliéndose las uñas de una mano contra la manga del otro brazo. «La primera piedra entrará por la ventana y le romperá el cráneo como se rompe una calabaza seca. Porque cada gigante encuentra su David.» Luego el rey firmó sin cuidado y entonces, como si estuvieran esperando esa diligencia para comenzar, se oyó en el fondo del campo una banda de música militar. Tocaban precisamente el himno del *Dybbuk*. Muchos judíos debían de pensar desde sus yacijas si habría llegado el día de su liberación. *(Recordando aquella mezcla de formas inocentes —nada lo es más que una banda de música popular— y abyectas, Mitchell volvía a perder un poco los nervios. El celador lo miraba con atención y la moira rubia, desde su mesa, con una curiosidad divertida y sonriente.)* La ignominia continuaba. Se oían llegar en ancha comitiva primero los músicos, después los cabos de vara y a continuación formados en columna de honor, de ocho en fondo, los reclusos del campo, todos con expresiones congeladas o taciturnas y en el mayor silencio. Sólo se oían los pasos a compás. La mayoría, cuando les ordenaron salir de las barracas y formar en filas, creyeron que era para llevarlos a las duchas mortales —cámaras de gas—, desde donde serían trasladados sus cuerpos a los hornos crematorios, pero aquello del himno del *Dybbuk* los confundía. Eso de los hornos crematorios no era muy cruel. Morían al menos sin sufrimiento físico, menos mal. Yo tuve más tarde una amante judía en París y la quería mucho, señor, pero me engañaba con todo el mundo y me dijo que cuando los alemanes estuvieron allí tuvo que huir y esconderse y nadie quiso ayudarla. Así y todo se salvó la mala pécora. Lástima. Yo no soy cruel, pero estaba enamorado y confieso que me habría gustado que la atraparan y las pagara todas juntas. Entonces todavía no me habían puesto los electrodos y era natural, con mi sano sentido moral. Porque llega un momento en que todos los enamorados querrían acabar con su amada. Volvamos, si le parece, al campo de concentración. Siempre que había una banda de música era que se trataba de ahorcar en público a algún miembro importante de la comunidad, pero no tocaban el himno del *Dybbuk* sino alguna alegre marcha de Lohengrin o de Parsifal, y al llegar al lugar donde estaba el trono, viendo un rey coronado bajo el dosel y los pajes sirvientes los judíos no sabían qué pensar, aunque algunos de ellos tenían ya noticia de la existencia de aquel David II. Éste, al verlos congregados y formados en densas columnas alrededor, quiso hablar y se levantó dispuesto a hacer otro discurso. El pobre, como casi todos los paranoicos, tenía la manía de discursear. El capitán se lo prohibió con un gesto airado y amenazador, pero el comandante del campo llegaba y alzaba la voz: «Deje que su majestad el rey diga sus últimas palabras.» Volvió a hablar David, pero sus palabras eran cubiertas por la música, que había vuelto a tocar de nuevo. Lo que decía el rey era no sólo razonable sino inspirado: «Yo no estoy loco, sino que, como dice Ezequiel, la locura del mundo nos llega a veces a todos y así matad, reíd, escupid y hacednos bailar en bodas reales y fabricad jabón con nuestra grasa y botones con nuestros huesos y pantallas y lampadarios con nuestra piel y reíd y matad por el gas o la horca a mi pueblo, que mi pueblo está hecho de hombres con sus almas y todos los pueblos reunidos de la tierra tienen autoridad recibida de Dios y nadie puede quitárseles.» *(Oyendo Jack hablar así a Mitchell, no podía menos de mirar al silencioso celador, quien le devolvía la mirada tranquilo y neutral, con sus musculo-*

66

sos brazos sobre la mesa y las manos enlazadas como si estuviera rezando. Un hombre con su alma aquél. ¿Era ése el propietario del yo absoluto del que había hablado Mitchell? Pero éste seguía hablando): Thomas me dijo, contándome todo esto, que la música impedía que se oyera el discurso de su majestad, pero él lo oyó porque estaba detrás de su trono. Al darse cuenta el rey de que no podían oírle se calló y esperó a que terminaran de tocar. Del grupo de los oficiales salió una mujer vestida a la antigua con ropajes bíblicos y llevando entre los brazos un ramo de flores. Se adelantó al trono y fue a depositarlas al pie de David II. «Eso estaría mejor en mi sepultura», dijo él impávido. «Pero no hay sepulturas aquí, señor —dijo ella, aleccionada—. Aquí se hace uso de los crematorios para que con el humo suba a las alturas de la eternidad vuestro augusto espíritu.» Volvió el rey judío a repetir lo de Ezequiel. El silencio, cuando callaba la música, era tremendo y daba la impresión de estar rodeados, según me decía Thomas, de larvas movedizas, y aquel lazo único que pendía de la horca representaba por el momento la única autoridad del campamento. La más poderosa autoridad del mundo. Era la horca más alta de lo acostumbrado, señor, sin duda, para que se viera a distancia dentro y fuera del campo. La brisa hacía moverse el lazo colgante, y aquel movimiento tenía una rara elocuencia. Todos tenían la vista puesta en él. Según me contó Thomas, pasó algo que parecía preparado por un escenógrafo, y sin embargo fue espontáneo y casual. Estas cosas suceden, a veces. Sucedió que una bandada de palomas torcaces migratorias pasaba por encima del campamento y de ellas se separó una que debía de estar fatigada, y fue a posarse precisamente encima de la horca. Pero no sólo encima, sino exactamente en el centro, junto al arranque de la cuerda en cuyo remate colgaba el lazo para la garganta de su majestad. Además, la torcaz era impoluta como la nieve. Parecía un milagro o un sueño. Si ha habido —decía Thomas— una paloma en el mundo digna de representar el Espíritu Santo era aquélla y allí estaba como si tal cosa. Todos los que antes miraban el lazo con terror se pusieron a mirarla a ella con cierta placidez esperanzada, como es natural. Yo me pregunto en este momento si aquella paloma no sería precisamente esa que está ahora en la mesa de las moiras y con la que juega la moira rubia poniéndole algo en el pico. Y tal vez fue enviada por esa misma moira al campo de concentración, porque nunca se sabe. Nos miran. ¿Usted sabe por qué nos miran? Porque esta mesa en que estamos suele ser la suya durante las mañanas, la mesa de ellas, pero como al llegar nos han visto a los tres ya instalados, se han ido a la otra. Resultaría demasiado apiñado el grupo: tres mujeres y tres hombres. Demasiado apiñado, sobre todo no habiendo, como no hay, relación sexual entre ellas y nosotros, ¿verdad? Demasiada cercanía sería esa que produce contactos de cadera con cadera. En todo caso la paloma blanca sobre la horca era como una alegoría preparada por un director de escena un poco pobre de recursos y dado al lugar común. Perdone si hablo con pedantería, pero es por los electrodos. Los mismos policías alemanes se quedaron confusos, pero alguien dijo algo en voz baja y todos rieron a coro. Había en aquella risa sobrentendidos obscenos. Debieron de decir alguna procacidad, según el doctor Thomas, aunque no es fácil imaginarla, ya que no suele haber ninguna en ningún país —con excepción de Colombia, en Sudamérica— donde hacen uso de la paloma como de un objeto simbólicamente sexual. Hasta los músicos de la banda, sin dejar de tocar, ladearon sus cabezas y sus instrumentos para mirar a la paloma. Confiesa Thomas que también él esperaba un milagro. Cree que una de las razones determinantes de la reputación de pureza de esas aves consiste en que son los seres más indefensos que hay en la naturaleza y por eso son la presa preferida por los halcones, los gerifaltes, gavilanes y similares. Todas las aves de presa se encarnizan con ella si la tienen a su alcance. La única defensa de las palomas consiste en acercarse a nosotros, los hombres. Porque los halcones nos temen. En cierto modo, y por aquello que usted dice de la esfericidad de las cosas, las palomas, que no combaten nunca, ganan todas las victorias ya que son veneradas como símbolos de la candidez, la ventura y la paz en el mundo entero. Lo que veía Thomas en aquella aparición era una denuncia contra los nazis. Supongo que a todos les pasaba lo mismo, incluso a los policías más culpables. Habría que preguntar a la moira rubia, que seguramente sabe más que nosotros de estas cosas. ¿La ve con su naricita y su sonrisa inocente? ¡Ah, si yo fuera a contarle las cosas que he sabido de ella! Bueno, volvamos al campo de concentración. Recuerdo que cuando llegaba a ese punto de su relato el doctor Thomas hizo una pausa larga y, con la mirada reflexiva y lejana, me dijo: «La gente suele esperar cuando se habla de cosas trágicas las emociones más violentas.» Es verdad que algunos de los pobres judíos que presenciaban la escena se desmayaron y no sólo por la emoción, supongo, sino por el hambre, la fatiga y el miedo. Pero Thomas estaba en una situación de astenia —creo que se dice así— moral y de indiferencia. Debe de ser una defensa natural de nuestro organismo. Lo único que podía decir Thomas era que la ejecución comenzó a las siete de la mañana y no terminó hasta las cuatro de la tarde, cuando el sol comenzaba a bajar por detrás de las casetas de los crematorios. Usted se preguntará como es posible que una ejecución dure tanto tiempo cuando un hombre colgado por el cuello no vive más de tres o cuatro minutos, pero cuando su majestad estaba a punto de morir hacían descender su cuerpo hasta el suelo y llegaban correos con papeles dando contraorden e indultando al reo. Tocaban las trompetas atención general y leían los papeles en voz alta. Después de pasar los diez o doce dignatarios del campo a estrechar la mano del monarca y a disculparse y felicitarlo, llegaba alguien diciendo que había sido un error el indulto y que había que proceder al cumplimiento de la sentencia. Entonces volvían a tirar de la cuerda y el suplicio recomenzaba. Era lo que se llama en la jerga de la sicología del mal algo así como *sadismo penitencial reiterativo*, aunque no estoy seguro de que fuera eso lo que dijo Thomas, y no hay que hacerme caso. Soy un ignorante aunque con buena memoria que, según dicen, es la inteligencia de los tontos. Figúrese usted cuáles serían los sufrimientos del pobre monarca y de su esposa la reina, a quien mataron después en la cámara de gas. Era un acto de fría y calculada brutalidad con transferencias solamente negativas, como suele decirse. Pero había más. Entre los oficiales del campo había algunos médicos que hacían experimentos, y uno de ellos estudiaba no sé qué clase de reflejos y tomaba nota de los hombres que se desmayaban en las filas y a ésos les daba después en sus chozas mujeres desnudas y los dejaba solos, aunque los observaba a escondidas, y anotaba sus reacciones. Parasicología erótica lo llamaban o algo así. El suplicio no era sólo un acto de crueldad, sino un experimento seudocientífico con

72

el que trataban de ver si las ejecuciones en la horca eran afrodisiacas para los que las contemplaban. Pretextos para la curiosidad viciosa. Se daba al crimen una justificación seudomoral, seudocientífica. Monstruoso. Pero ya sabemos que a la humanidad le gustan los monstruos, aunque sólo sea para especular ventajosamente comparándose con ellos los hombres honrados. A todo esto usted se preguntará qué hacía allí el doctor Thomas. ¿Qué quería usted que hiciera? Esperaba su turno, como cada cual. Lo consideran sólo mitad judío, porque su madre había declarado para salvarlo con gran escándalo de conciencia y con los sufrimientos consiguientes en el nivel de la dignidad conyugal que lo había tenido no de su esposo judío, sino de un ario por vía adulterina. Con todo eso lo habían puesto en una categoría diferente y su ejecución se aplazó dos veces. También Thomas sufrió lo suyo. Afortunadamente llegamos antes nosotros, los rusos. Lo que no sabían los nazis era que Thomas tenía formulada también la bomba atómica como Planck y Maxwell y Einstein y que si hubiera querido traicionar a los judíos podría haber tenido privilegios de todas clases y cambiado la historia de la humanidad. Nosotros éramos al mismo tiempo los ejércitos invisibles de los que había hablado David II. Estaban combatiendo esos ejércitos en los frentes, en la retaguardia, en todas partes, judíos, católicos, protestantes, ateos o agnósticos. Las vidas que no se cumplieron en sus tiempos debían cumplirse de algún modo y tal vez el pobre David II tenía razón al hablar de la resurrección que va implícita en la muerte por el suplicio y que es también la teoría legendaria de Jesucristo. Me pregunto si tenía razón también cuando decía que los malvados muertos, como Hitler y tantos otros, vuelven a la vida para ser una cucaracha en el rincón ceniciento de una chimenea o en el fondo de una lata de basura, pero con conciencia plena de ser hombres. Ése debe de ser su infierno, digo yo. ¿No le parece? Entretanto, los jefes del campo telefonearon a Hitler y a Goebbels el día de la ejecución, y los dos reían a carcajadas; el Führer en A abierta —ja, ja, ja, ja, ja— y el otro en EI, porque tenía el paladar torcido. ¿Usted recuerda la cara de Goebbels? —jei, jei, jei, jei, jei—. Las moiras lo saben. ¿Ve usted cómo vuelven la cara hacia nosotros al oírme reír?

Jack callaba acongojado por el recuerdo

de David y de su esposa. Un grupo lejano de chicos jugaba sobre el césped del parque al balón, y éste llegó cerca de la mesa. Jack se levantó y se lo devolvió de una patada. Al sentarse de nuevo vio que Mitchell no había terminado y que se había interrumpido a sí mismo por la emoción, con un nudo en la garganta. Pero volvió pronto a su serenidad y a sus memorias:

—De aquel campo salió Thomas con una obsesión: la gente en el mundo y a lo largo de la historia estaba haciendo de la crueldad un hábito, y lo mismo en el nivel familiar que social y nacional el sadismo era una plaga contagiosa. Venía del tiempo de las behetrías y las tribus remotas, cuando combatir y matar a alguien era considerado un mérito. Usted sabe, señor, que todavía hay muchos que piensan de esa manera. Y el peligro está vivo aún. Usted lo comprende. Nadie quiere matar a nadie y si mata es porque cree, como creía yo, que me mataba a mí mismo en mi contrario. Con eso me defendía yo contra un miedo malsano y patológico que tenía desde que salí de Múrmansk, y luego verá por qué. Eso era antes de los electrodos. Así y todo, ¿qué derecho tiene nadie a matarse a sí mismo en su contrario? Yo hice estas dos guerras. De un continente me llevaron a otro. Y entonces estaba bien de salud, eso dicen. Pero lo que sucedía era que yo quería disimular mi locura y ¿sabe usted en qué consistía mi locura? En que no quería aceptar el mundo tal como estaba funcionando. No quería guerras. Me enseñaron a manejar el rifle, el mortero, la bayoneta, la granada. Una vez clavé la bayoneta en el cuerpo de un pobre diablo japonés y luego no la podía sacar porque estaba apretada entre sus costillas o se había clavado después de atravesarlo a él contra el tronco de un árbol. Entonces yo disparé un tiro y con el retroceso la bayoneta salió. Pero el retroceso me rompió a mí un diente. Poca cosa un diente a cambio de una vida humana, pero para mí era en aquel momento una tragedia mayor que para el japonés. Ruindades del ego y de la guerra. Yo no quería matar al japonés y el japonés no quería que yo perdiera un diente, y aquella manera de pensar era nuestra locura según la gente, y la disimulábamos haciendo como todos: yendo a la guerra. Pero ya somos maduros para seguir disimulando, ¿verdad? Usted dice que ha disimulado toda su vida, pero por otra parte ponía su locura en su arte, ¿eh? Yo no podía hacer eso y aquí me tiene. Como no tengo la suerte de ser religioso o artista...

—Es verdad, aquí estamos. Usted con sus electrodos, menos mal.

—Thomas cuenta que todavía Hitler, recordando las ceremonias de David II, se retorcía de risa en el *bunker* de Berlín los últimos días de la guerra, antes de suicidarse como las putas viejas, tomando una pildorita. Ja, ja, ja, ja, ja, ja. Y Goebbels, en otro *bunker* al lado, debajo de tierra, como las ratas: jei, jei, jei, jei, jei. Porque, además del paladar torcido, Goebbels tenía dentadura postiza deteriorada y flotante, y en esas condiciones la risa no suena tan bien. Cosas como ésas de David II y peores pasaron y volverán a pasar según Thomas si no cambiamos el orden de la sociedad. Aunque yo no sé en qué dirección ni cómo, ni cuándo.

Las tres moiras reían también en la otra mesa. Las tres a carcajadas, con sus pechos temblorosos de ninfas del verde bosque, y Jack temió que estuvieran riéndose de ellos, es decir más bien de Mitchell, a quien seguramente conocían y de quien recelaban por su inseparable custodio. Pero Mitchell sentía por ellas una simpatía sin condiciones, lo que quiere decir que las moiras no debían de reírse de él, ya que los enfermos como Mitchell tienen compensaciones de clarividencia, sus electrodos le hacían asimilar las ondas secretas de los demás y sabía muy bien a qué atenerse en aquella y en otras cuestiones. Más susceptible era Jack, a pesar de todo. Aunque de él no podían reírse las moiras porque no lo conocían. Nunca había hablado Jack con ellas, y como solía ir al parque únicamente por la tarde, no las había visto hasta aquel día. Y las miraba sin entender.

Seguía Mitchell con sus experiencias, fluyente, humilde y exacto. Su locura no lo parecía realmente, o al menos Jack veía en ella solamente la excentricidad que se suele atribuir a los rusos, de quienes se dice: «un ruso loco», sabiendo que son sólo un poco extravagantes.

—Yo era entonces joven y fuerte, usted sabe. Los años le deterioran a uno. Tenía yo una musculatura de hierro, porque en el ejército nos hacen trabajar y nos endurecen. Ahora estoy más blando que un helado de vainilla. Y el corazón caliente, eso sí. El helado está en la cabeza con los electrodos. Pero ¿de qué me sirve el corazón? ¿A quién puede servir el corazón? No tengo un amigo. Y menos una amiga, aunque las tres moiras vienen a veces a mi mesa. Es decir, voy yo a la de ellas más bien. Pero sin amistad. Hablamos y nos reímos, y eso es todo. Nada de calor humano. Este compañero que me custodia está sólo conmigo para una emergencia grave. No es mi enemigo, claro, pero tampoco mi amigo. Nadie es amigo de nadie. El sanatorio no es para nosotros, los llamados enfermos, tampoco para los celadores o enfermeras y ni siquiera para los médicos. El sanatorio es para sí mismo como institución. Todo es para las instituciones en América y en el mundo moderno. También en Rusia. Nada para el hombre. ¿Es que se puede vivir así, sobre todo cuando ha clavado uno el pecho de un japonés contra un poste de trinchera o contra un árbol? ¿Eh? ¿Qué me dice usted? Bueno, también las abejas viven sólo para la colmena y no tienen vida individual y clavan a veces su aguijón, pero no pueden clavarlo dos veces, porque cuando lo clavan mueren. Eso tiene sentido moral, ¿eh? Esos bichos sí que se matan a sí mismos en su enemigo, ¿eh?

No quería Jack responderle con argumentos personales porque sabía que Mitchell tenía razón y si se lo decía corría el riesgo de que se exaltara, lo que está siempre mal entre los que necesitan tranquilizantes para salir de casa. Así que se calló esperando que Mitchell siguiera hablando. Lástima que no lo hubiera conocido antes, esquizofrenia aparte. Aunque ésta fuera cierta ¿quién no está dentro de las categorías de la sicopatología o la sociopatía? Incluso en casos de locura declarada queda alguna posibilidad de eso que llaman transferencias positivas. Hay que escuchar a todo el mundo. Todos los locos tienen a veces destellos de genialidad, como aquel que le decía un día a Jack: «Lo malo es que en la vida cada cual se considera sí mismo, cree que es sí mismo y ahí comienza la dificultad.» Aquel loco andaba buscando a su propietario también. Ciertamente. Cada cual se considera *sí mismo* y, sin embargo, no sabe quién es ni lo que es. Ahí comienza la dificultad. Si Mitchell hubiera podido decir quién era, habría resuelto el problema. Porque Mitchell no era un paranoico que se creía Napoleón o Julio César —eso es muy fácil y bastante cómodo—, sino un esquizoide que no podía identificarse con un medio en el cual todos disimulaban desde niños su locura aceptando la obligación de matar.

80

Su honrada locura. «No podemos dejarnos ir y ser naturales —decía una vez más Mitchell— porque entonces nos tomarían por pendejos o nos encerrarían como a mí. Por negarnos a matar al de enfrente.»

Al menos don Quijote sabía que merecía ser y que era don Quijote y quería hacer el bien y matar sólo a los vestiglos y a los gigantes descomunalmente arbitrarios, y esa arraigada convicción lo salva. Se dejó ir y quiso salvar al mundo. El mundo no se salvó, pero se salvó don Quijote como ejemplo de generosidad y nos dio una lección a todos. Cada cual trata de ser el que cree y quiere ser, y en esa ardua tarea invierte y gasta su vida. No lo consigue porque disimula su locura, es decir disimula su naturaleza virtuosa para incorporarse a la locura en vigencia. A la multitud de los armados que hacen leyes y clavan la bayoneta contra el vecino y son condecorados. Entonces ya no son hombres naturales, sino héroes. Se han incorporado a una forma de sociopatía dominante. Entonces son *normales* y se dedican a disimular lo que los otros considerarían su locura si se atreviera cada cual a mostrarse tan razonable como es. Eso decía Mitchell, muy convencido y ligeramente irritado. Irritado consigo mismo, claro. Eso era lo que le gustaba a Jack.

No lejos jugaban dos chicas con unos platívolos que se arrojaban al aire y que iban girando y planeando. Entre ellas, un perro lobo corría desde la una a la otra, buscando la manera de atrapar el platívolo, pero sólo lo conseguía cuando éste escapaba al alcance de una de ellas. Entonces el animal huía con el platívolo en la boca y las chicas corrían divertidas detrás para quitárselo. Las dos muchachas llevaban esas minifaldas que permiten a veces entrever la comba lumbar. Esa comba excitaba terriblemente a Jack en la primavera, y el resto del año lo excitaban más los muslos desnudos de las jóvenes doncellas ciclistas. Aquel día era primavera aún.

Todo en el parque era plácido y reposado, al menos en apariencia, menos Mitchell, que a veces se exaltaba un poco. Llevaba Jack un largo rato sin decir nada y al parecer su silencio, al mirar de frente a Mitchell, coaccionaba un poco al elocuente ruso y parecía empujarle a seguir hablando, aunque sólo fuera para romper un silencio lleno de nervios.

—En Alemania estuve, como le digo, hasta que acabó la guerra en Europa, yo, soldado ruso, pero con documentos de identidad y con uniforme yanqui, como un americano verdadero. Aprendí en seguida las maneras poniendo el mayor cuidado en hacer lo que hacían los demás. Subí con otro soldado al retiro de verano del Führer: Berchtesgaden. Un sitio más cerca de la la luna que de la tierra, como decía Adolfo, el pintor callejero, el lunático vienés. Yo le hablaría a usted de Hitler, pero ¿hay algo nuevo que decir? Toda su acción, toda su doctrina, toda su política, toda su historia caben en cinco palabras: «Leyó a Nietzsche y mató judíos.» Nietzsche le dijo que el superhombre tiene que ser un monstruo frío. El monstruo frío no tiene conciencia. Pero Nietzsche, padre del monstruo frío, se volvió loco de veras y para siempre viendo cómo un campesino de Baviera apaleaba a un pobre caballo. ¿Dónde estaba la frialdad monstruosa del superhombre? En fin, Hitler quiso serlo de veras y se dedicó a matar judíos. Como David II y su mujer. Judíos indefensos que no le daban pena, como el caballo a Nietzsche, ni tampoco gloria. ¿Es que basta con suprimir la conciencia moral para dar relieve histórico y carácter de superhombre a un individuo? Relieve histórico sí, porque se puede decir que todo ser humano tiene interés en sí mismo, aparte de sus circunstancias. No hay dos hombres iguales, es verdad, y cada cual se puede definir al menos por sus hechos. Hitler, como decía, fue cabo de infantería en la primera guerra mundial, después pintor callejero de esos que rifan por diez centavos sus cuadritos a los papanatas en Viena, y si queremos completar detalles de su vida privada, podemos añadir que tenía un solo testículo. Harto de matar judíos indefensos el superhombre nietzscheano se suicidó. No se habría matado si no le hubiera llegado la hora de rendir cuentas. Su figura queda en la historia como un modelo perfecto de lo que no debe ser el hombre, ¿verdad? Un ejemplo para ilustrar la sicología del mal del doctor Thomas. Como un antidonquijote. En ese sentido no hay más remedio que tomarlo en serio, porque el mal existe y en este caso era el mal de un falso loco. De un idiota que se hacía el loco. Ésos son los peores. Un idiota que se hacía el loco para salvarse. Era también el caso de Mussolini. Y el de Stalin. Luego le diré algo sobre nuestro Vodz. El loco natural, como usted o como yo, hace algo que vale la pena. Hitler era un tonto que se hacía el loco para salvarse de que lo vieran en su tontería o, como dicen los mexicanos, en su naturaleza pendeja. Los tontos en su naturaleza *natural*, o en sus simulaciones de locura, son más peligrosos que nadie. La estupidez: he ahí el enemigo. ¿No le parece, señor? En otros países han sucedido cosas como ésas y si quiere le daré pormenores, pero por ahora quisiera decirle sólo las cosas que me pasaron en la guerra. Recuerde que no era yo solo. Éramos entre los de un lado y otro, éramos, digo, más de treinta millones. Treinta millones de gentes como usted y como yo. Destripándose a bayonetazos, a morterazos, a cañonazos. La granada de cañón es el arma menos dañina porque le mata a uno en el acto si le cae encima, y la muerte no hace daño. El bayonetazo. Y el morterazo le llena a uno de esquirlas y cada una requiere una operación. O le deja sin testículos para el resto de su vida y se convierte en un castrado con su cruz de plata colgando en el pecho. Lo uno por lo otro. Treinta millones de gente honrada obedeciendo las órdenes, por un lado, del tonto que se hacía el loco criminal para salvarse, y de otra parte... bueno, pero si no le fatigo demasiado, señor, le diré algo más de mis recuerdos de Berlín. Yo maté nazis. Comprendo que es bastante miserable; pero es, por decirlo así, positivo. No se trataba de homicidio alguno porque yo no maté hombres sino *nazis*. Eso no me lo negará usted. Ni filosóficamente, ni moralmente, ni socialmente, ni políticamente, Hitler, el idiota que quería hacerse el loco, hizo nada creador. Ni siquiera desde el punto de vista estúpidamente militar, es decir capaz de considerar la destrucción como un aspecto de la actividad creadora ya que las victorias militares correspondieron al ejército germano profesional que, como siempre, ganó todas las batallas y perdió la guerra. La idiotez del monotesticular Hitler era tal, que sus últimas órdenes, desde el subterráneo de Berlín, fueron que destruyeran París de tal forma que no quedara piedra sobre piedra. No es nada, destruir París, donde algunas lindas francesas se acostaban conmigo después de la victoria por cinco latas de duraznos. Dos latas más que las chicas de Polonia. Destruir París minando las calles y plazas y volando la ciudad de modo que no quedara piedra sobre piedra. Había que aprovechar el metro para poner los barrenos y la dinamita. París, al que este ruso se adaptó en seguida, este ruso hiperbóreo *(Jack sonreía creyendo que en aquella ma-*

nera de calificarse Mitchell a sí mismo había algo de narcisismo) de Múrsmank. Barrenando el metro por donde iban y venían cada día millones de hombres y de mujeres a su trabajo, a su cita de amor, a su partida de *manille* con los *copains,* al *bistrot* a beber su venenoso *pernod.* Millones de seres que disimulaban su locura, pero en bien de la comunidad, porque los franceses son los que mejor han aprendido a disimular su honradez natural sin dañar a nadie. ¿Qué buscaba Hitler destruyendo a París? Hacerse su propio monumento. Un monumento de ruinas. Quedaría en la historia Hitler no como el pintor callejero que rifaba cuadritos ni como el amante monotesticular, ni como el asesino de judíos, sino como el destructor de una ciudad cuyos orígenes se pierden en la bruma de los más lejanos tiempos y que nunca había sido destruida por nadie. Hacer volar el *Moulin Rouge* y la *tour Eiffel* y la *Madeleine* y las casas de putas de Montparnasse y, usted perdone, destruir el Louvre y el Museo de Arte Moderno, las bibliotecas, los palacios de los Orleans y del imperio napoleónico, Versailles y Sceaux con cientos de miles de hogares sencillos donde la gente, el hombre y la mujer, no necesitaban fingir la locura de los sociópatas para entregarse a la dulzura de su razón natural (que es lo que parece locura a los que mandan). Ah, eso no. Yo sé lo que es esto de la locura. La nuestra y la otra. Ya lo he dicho, amigo mío. Yo tengo aquí, en la cabeza, como usted ve, esta especie de solideo como los que usan los chicos en Rusia, un casquete que parece inocente y sin importancia, pero ahí están los electrodos que rigen mi memoria y algunas de mis reacciones. A veces funciona bien, sobre todo la memoria; a veces mal, en las emociones y en los placeres físicos. La tableta de mandos electrónicos no la tengo yo. Todavía no me la dan los médicos, porque al parecer no se fían. Tienen miedo de la solidez de mi razón natural *(Jack pensó otra vez que aquella tableta de mandos electrónicos debía tenerla el celador en el bolsillo de la camisa, en el que se advertían sus relieves)*, pero en todo caso es estúpido que tengan miedo a mis reacciones, porque no soy agresivo. Lo fui en la guerra. ¿Qué remedio? Ahora soy solamente nervioso, pero con una droga se me pasa, y cuando estoy con una persona amable como usted, aunque me insultara, no le respondería con violencia sino más bien con inocente disgusto. El propietario de mi

YO con mayúsculas me dice que la humildad gana todas las batallas, sobre todo en aquellos problemas cuya solución depende de lo que llamamos la afabilidad. Así y todo, yo prefiero no tener la tableta de las emociones físicas, porque producen placeres extenuantes muy superiores a los que usted conoce, y una vez que me dieron esa tableta de mandos la usé más de mil veces en un día y llegué a perder el conocimiento por fatiga. ¿Comprende? Pero, como decía, estuve con treinta millones más de seres humanos en la guerra. Unos a las órdenes de Hitler, que ya sabemos cómo era, y otros... bueno, no todos. Ya le diré luego, señor. El hecho es que París no fue destruido. Los jefes militares engañaron a Hitler diciendo que lo habían hecho, pero siguieron en el hotel Meurice hasta que un teniente español de milicias republicanas entró con una bomba en una mano y una metralleta en la otra y les dijo: «Si se mueven, vuela la casa y todos nosotros con ella.» Yo no lo conocí, pero me lo contaron. Un hombre con dos testículos, no como Hitler, que tenía uno solo y deteriorado por la falta de uso. Luego, el teniente de milicias les hizo dejar los correajes y las pistolas en un rincón y el general comandante alemán, que más tarde se suicidó, porque se dieron aquellos días muchos casos de suicidio, felicitó al teniente Rodríguez —así se llamaba— por su valor físico, y le regaló su reloj de pulsera. Un regalo femenino y grotesco. Tolstói dice en alguno de sus libros que los oficiales mayores —jefes y generales— que hacen furor entre las tropas, en tiempos de guerra, son los generales valientes y un poco afeminados. En este caso le faltaba a ese general la valentía. Tampoco Hitler fue un caso notable de bravura porque tengo entendido que lloraba y daba voces en su *bunker* de Berlín cuando oía cerca las explosiones de las granadas. Ese teniente Rodríguez era jefe de una seción de infantería que seguía un tanque cuyo nombre —Guernica— iba pintado en un costado. Semanas después ese teniente, que era un obrero español, murió heroicamente en acción en una aldea de Bélgica, según me contaron. Que descanse en la eternidad de sus laureles.

Al oír esto, Jack se levantó y estrechando la mano de Mitchell le dijo, conmovido:

—Yo también fui soldado en aquel tiempo y desembarqué en Marsella con los *blindés* de Leclerc. Y hablé con Rodríguez y bebí con él más de una vez en Chez Dupont. Claro que conocía al teniente Rodríguez. Era un hombre feliz llevando hasta el fin su locura como don Quijote, quiero decir lo que usted llama su transferencia positiva contra los idiotas que se fingían locos para ganar alguna gloriola y seguir comiendo. Claro que conocía al teniente Rodríguez, al excelentísimo señor teniente Rodríguez, ya que en los países latinos llaman excelencia a los arzobispos y a los otros hombres que se consideran a sí mismos brillantes y conspicuos. Su excelencia. Era Rodríguez un hombre de fe, eso era todo. La fe en algo que no es uno mismo, quiero decir el cuerpo de uno, es lo que hace a la gente superior. ¿No cree usted, Mitchell? Yo al menos es lo que he pensado en los últimos tiempos. *(Todo esto distrajo a Mitchell por un momento, pero volviendo a lo suyo repitió)*: «París no fue destruido. El destruido fue el pobre Hitler. Yo puedo compadecerlo sin dejar de hacerle los más grandes reproches. El ex cabo de infantería era víctima de su propia alienación, es decir que estuvo siempre fuera de sí y la culpa la tenían más bien los que lo rodearon y lo empujaron. Cuando un idiota finge la locura y hace adictos, todas las formas del mal son posibles. Ya le he dicho mil veces, y todo el mundo lo sabe, que las víctimas de Hitler fueron los judíos. En su incultura y estolidez ignoraba Hitler que los judíos Maxwell, Planck y Einstein podrían haberle dado la victoria sobre el mundo en cuarenta y ocho horas, como se la dieron más tarde a los americanos, es decir a nosotros en el Pacífico. Digo todo esto pensando en los judíos, que sin duda han usado y están usando sabiamente la experiencia de los años de Hitler. Ya no confían demasiado en su propia inteligencia. De ellos nació la bomba atómica y ellos nos dieron la victoria en la última guerra. De esa victoria y de la amenaza latente en la bomba atómica, especialmente en la de cobalto, que tiene ya todo el mundo, ha salido también la paz, es decir el equilibrio que no podemos romper sin destruir la humanidad y la vida orgánica entera alrededor del planeta. ¿Será verdad eso que dice usted de la rueda, es decir de la esfera? He ahí por donde los judíos, que han sido los más perseguidos, dañados, torturados por los demás hombres, nos han dado las condiciones básicas de la paz mundial. Porque con la bomba de cobalto no hay guerra posible sino suicidio total, suicidio cósmico, o al menos global. Ellos hicieron la bomba de hidrógeno,

que encerrada en una cápsula de cobalto 59
y detonada se convierte en una bomba de cobalto 60 capaz de reducir a cenizas en un plazo
de 24 horas (el de una revolución del planeta
alrededor de su eje) toda la vida vegetal y
animal. Incluidos usted y yo. Y éste (*por el
celador*) y aquellas hermosas y sabias tejedo-
ras (*por las moiras*). Y ese escarabajo que se
arrastra en la hierba. Y los inteligentes judíos
ya no son, como decía, tan confiados. Yo no
soy prosemita, pero mucho menos antisemita.
Sería estúpido. Y los judíos han decidido entrar en la locura defensiva. ¿Qué remedio?
Tienen su pequeña nación sólidamente establecida y tienen para su defensa bombas ató-
micas de todas clases. Las mismas que los
egipcios piden a Rusia y que Rusia se niega a
darles, porque los rusos saben que las usarían
y que sería el principio del fin para todos. Diciéndole todo esto yo pienso en un judío que
conocí en Miami en el ascensor de un hotel de
apartamentos. Era un judío sefardí que tenía
una tiendecita en la planta baja y llevaba un
cesto con víveres. «Se los traigo al piso quinto
a un pobre señor que no quiere levantarse de
la cama porque vive solo en el mundo, es viejo
y ha perdido el interés por la vida.» Ese judío

era de Salónica, llegó hacía algunos años a los Estados Unidos y me dijo que de los noventa y seis mil judíos que había en Salónica, la mayor parte sefardíes, habían quedado sólo tres mil cuatrocientos. A todos los demás los habían matado los nazis. A veces yo entraba en su tienda a comprar algo y le preguntaba cómo iba el negocio. Él me respondía: «¿Qué importa el negocio? Lo único que cuenta en la vida es tener un poco de contento en el corazón. ¿Qué mejor que tener un poco de contento en el corazón?» Pero no. Hay que entrar en el baile de los locos agresivos. Y si no se entra, hay que tocar algún instrumento para que bailen. Seguir el compás o marcar el compás. ¿Comprende? (*Jack lo miraba y se decía: tal vez sea judío este buen Mitchell. Se lo preguntó y Mitchell dijo que no, pero que había tenido entre ellos muy buenos amigos cuando podía tener amigos, porque ya no podía decir que tuviera ninguno.*) La gente ahora sólo quiere tener cómplices. Porque todos son culpables y entonces lo que necesitan es diluir entre otros la culpabilidad. No amigos sino cómplices. Hay una diferencia. Y cada cual cree que los tiene alrededor, y así y todo vive lleno de recelos. ¿Sabe usted por qué llegaron a sospechar de lo que llaman mi esquizofrenia? Por lo siguiente. Con usted yo no tengo secretos porque los pocos días que salgo del sanatorio me doy el lujo de no tenerlos para propiciar ese pequeño contento en el corazón de que hablaba el judío. Los treinta millones de soldados éramos cómplices, los unos de los otros, y eso es ley universal ahora. Y cuando alguno cree que le ha fallado un cómplice, entonces se vuelve loco de verdad. ¿Sabe usted cómo me declararon sospechoso? Yo se lo voy a contar. Quise hacer una experiencia que me parecía decisiva. Un día estaba aburrido en mi casa, en mi modesta casa de rusoyanqui soltero y quise hacer esa experiencia. Abrí una guía telefónica y llamé a un número, al azar. Se puso al teléfono una mujer. Y colgué. No quería mujeres, porque ellas están mejor adaptadas a la realidad. ¿Ve usted las moiras tejiendo, alimentando a la paloma blanca y rascándose a veces con la aguja de tejer en el colodrillo? *(En aquel momento las tres miraron a Jack, sonrientes.)* Ellas se dejan ir y están más de acuerdo con todo lo que las rodea, no son como nosotros. Entonces marqué otro número y al oír una voz de macho le dije: «Ya sé que fuiste tú quien lo hizo. Ya sé que fuiste tú el culpable. Tú. Y lo vas a pagar porque yo voy a denunciarte.» Ocho días más tarde volví a llamarlo y le dije: «Ya te he denunciado. Todo el mundo va a saber lo que hiciste.» Bueno, pues ese tío, que vio que le fallaba un cómplice a pesar de haberse incorporado a la locura general (porque todos somos cómplices de todo), comenzó a ir y venir por la vida como un grillo envenenado con DDT, y por fin se pegó un tiro. Sí, como me oye. Se pegó un tiro. Después hice lo mismo con otros, al azar, y como repetí la experiencia varias veces, la policía localizó mi teléfono y ahí comenzó mi problema, el que me llevó al sanatorio. No sé por qué. Yo me dejaba ir también, pero quise hacer una experiencia de sicopatología. Yo sabía que estaba diciéndole a otro alguna clase de verdad secreta. A no importa quién. Y es que todos somos culpables. Todos. ¿Por qué? Ya le digo, porque seguimos a gentes que tienen locuras no inteligentes, es decir a idiotas que se fingen locos para salvarse. Nosotros, digo usted y yo, somos locos naturales que se dejan ir a su manera. Otros son personas sanas e inteligentes que se tienen que fingir locos (tienen que aprender, lo que no es fácil) para que les permitan seguir adelante y tener, si no amigos, cómplices. Los peores son, como ya hemos visto, esos que nacieron idiotas y se fingieron locos como Hitler. Yo vi que más de quince millones de alemanes, obedeciendo al imbécil que se hacía el loco, destripaban a bayonetazos a cientos de miles de rusos que... Bueno, antes yo querría hablarle de otras experiencias parecidas. ¿O se fatiga usted? Todo el mundo tiene recuerdos, unos con uniforme y otros sin él. Pero todo el mundo en nuestro tiempo. Los recuerdos míos a veces son anecdótico-históricos. Otros son más bien emocionales. *(Al decir esto miró al celador con una expresión intrigante, y el celador afirmó con la cabeza. Fue un leve consentimiento.)* Entonces tal vez este amigo que nos acompaña accione de vez en cuando el resorte de las emociones, digo, mientras yo cuento sencillamente, como hacen los reporteros, algunos hechos sustanciales. ¿No se dice sustanciales? Yo entré en Polonia como tantos otros cientos de miles de soldados. No es broma : cientos de miles. Cada uno con su corazón, su cerebro y sus testículos. Pero sólo el cerebro andaba medio protegido por un casco. El cerebro, que es lo que cuenta. Bien. Yo dormí en casas ajenas cuando me caía de sue-

97

ño en las carreteras, y les dejaba un papelito para que cobraran mi hospedaje en la comandancia más próxima. Yo corría millas y millas con sesenta libras de peso encima, y bebía agua en los charcos de lluvia, y saltaba sobre el boche si encontraba alguno al paso, lo que era muy raro, o me metía en un agujero y esperaba a mi pieza para cazarla. Y así un día y otro día, una noche y mil noches más. Éramos cientos de miles contando sólo los dos ejércitos primeros, es decir la vanguardia. Bueno, todo esto que digo tal vez sea innecesario porque ya lo sabe usted si fue soldado. Ahora bien, usted y yo somos amigos y no cómplices. ¿Verdad? Decimos lo que queremos decir y nos dejamos ir. Eso es. Por eso creen que estamos locos, aunque usted menos que yo por eso de la pintura. Ya querría yo saber pintar. En Polonia hubo semanas en que creímos estar copados por los boches, pero al fin salimos adelante. Yo estuve dos días sin beber una sola gota de agua. Otra vez estuve tres días sin comer y tuve tentaciones siniestras viendo cuerpos humanos muertos alrededor. En fin, no vamos a hacer romanticismo macabro. Había días nefastos y días felices, como en la vida ordinaria, sólo que todo era dife-

98

rente porque estábamos autorizados a matar, es decir, más bien obligados a matar. A infringir la ley universal de amor al prójimo. Todas las religiones dicen: no matarás. Y todos los curas, cuando llega el caso, dicen: matarás a tu prójimo siempre que lo mande el sargento o el general. Yo entendía el mandamiento al revés: Dice Dios en el Sinaí que debes amar al prójimo como a ti mismo. Yo entendía en Varsovia y en Berlín: matarás a tu prójimo como a ti mismo. Porque permítame que le repita una vez más: he tenido algunas tentaciones de suicidio, como usted. ¿Quién no? Y es que estamos solos. Ya no hay amigos. Sólo cómplices. Y yo no necesito cómplices ni usted tampoco, porque no tenemos nada que ocultar, ¿verdad? Ésa es nuestra locura. Todos los demás se hacen el loco y lo hacen bastante bien, con fines interesados. Nosotros nos dejamos ir según nuestra *naturaleza natural*, y perdone la redundancia, y si parecemos locos o al menos me tienen por loco a mí es porque me niego a hacer el teatro de la solidarización, porque discrepo. En todo caso, la guerra era horrenda y a veces en el horror había *(el celador se llevó la mano al bolsillo de la camisa y Mitchell hizo una mueca un poco rara aunque muy ligera y apenas perceptible y siguió hablando aunque de otra manera)*: había placeres en el horror y vergüenza me da decirlo, pero es verdad que los había. Cosas raras aunque no tanto, porque la guerra es en sí misma un repertorio de rarezas. De afectaciones genuinas, diría. Y supongo, pobre de mí, que para algunos lleva consigo alguna satisfacción, al menos ésa de comprobar que está uno matándose a sí mismo cuando mata a su contrario. Yo veía a mi lado un hombre echando bendiciones, vestido con una dalmática dorada y verde al estilo de la iglesia de mis abuelos y mis padres ortodoxos, y en el horizonte una especie de marea de tierra entrando en oleadas como las del mar. Sólo que allí no se podía nadar. Ahora mismo las veo y en lo alto el ala y el pecho de un gavilán, y una voz que me dice: es el clan de los tuyos, de los locos que te precedieron en la paz y en la guerra. *(Jack escuchaba un poco incómodo y disimulaba su extrañeza, más que nada para no disgustar al hombre pequeño y fornido que parecía vigilar también sus reacciones.)* Yo pasé por todas las experiencias de la guerra como usted puede suponer. Todas. Dormí entre los muertos, en tierra, sin saber exactamente quiénes vivían y quiénes agonizaban, quiénes roncaban y quiénes se ahogaban, y sobre ellos, los humos de la tarde, digo de los cañones y las granadas, se adormecían y se estaban quietos; pero algún que otro lucero ardiente atravesaba aquellos vapores, y llegaba a cegarme, quiero decir a deslumbrarme, y se hacían más fulgurantes y menos opacos con cada latido de mi corazón. Porque ¡qué milagroso este motorcito que lleva cincuenta años día y noche, dale que dale, haciendo su trabajo de día y de noche, produciendo sus propios lubricantes y sus propios gases explosivos, día y noche, noche y día! Había cerca de nosotros anchos prados donde los curas polacos reñían con los maridos de las cabras y detrás llegaban los masones de las logias cantando mis glorias de héroe todavía vivo. Yo le digo que había en el fondo de todo aquello algo que halagaba mi naturaleza viril, de verdad. Yo no he sido muy religioso nunca y usted lo comprende fácilmente sabiendo lo que pasa en Rusia, pero respeto todas las creencias. ¿Y usted?

—Bueno —respondió Jack tartamudeando un poco, porque hablar de su infancia le ponía nervioso—, yo de ser algo sería mormón.

Yo no soy ruso de origen, sino americano. Recuerdo que siendo muy chico iba a casa un mormón ofreciendo fruta en un carro muy grande. Gente rara y notable los mormones. Tienen templos lujosos donde multitudes limpias, entre ellas mujeres muy hermosas y saludables, que en su corazón también aceptan hoy la poligamia, se reúnen para practicar los ritos más simples que se pueden imaginar. Usted los conoce, supongo. El hecho de que esa iglesia sea tan rica, aunque en el templo nunca se pide dinero a los fieles, se comprende cuando se sabe que cada feligrés da regularmente a su congregación el diezmo —es decir el diez por ciento— de lo que tiene, y además de lo que gana. Aquí, donde la riqueza es fácil y los sueldos altos, el término medio de lo que un mormón da a su iglesia se puede calcular en mil quinientos dólares al año. (*Cuando hablaba así Jack se veía otra vez en los ojos del celador algo que podía ser ironía aunque seguían teniendo la severa frialdad de siempre. Cerca, entre la mesa de las moiras y la de Mitchell, había una niña de tres años montada en un triciclo. Mitchell escuchaba a Jack sin gran interés.*) Los mormones. ¿Qué otra iglesia puede preciarse de tener feligreses tan generosos? En cuanto al amor, la poligamia tiene sus compensaciones. Creen los mormones que el amor entre el hombre y la mujer una vez consagrado por el ministro de la congregación, y por la unión física, dura eternamente. La muerte no separa a los amantes. La proyección de ese amor hacia lo eterno y lo infinito es segura. El tiempo es diferente para los mormones. Para mí, que no soy mormón, también. Lo eterno y lo temporal se confunden. Así, Jesús vivió desde los primeros orígenes de la humanidad en cuerpo y alma. Y sigue viviendo ahora entre nosotros. La eternidad forma parte de la vida diaria del mormón. Su cuerpo es, en cierto modo, esencia imperecedera. Después de morir camina por los jardines del Elíseo acompañado por sus esposas, que le profesan el mismo amor del primer día. Ana, esposa de Joseph Smith, el fundador, desertó de él y se casó tres o cuatro veces con diferentes maridos. Complicado futuro el de los matrimonios no mormones en la eternidad. Pero los mormones suprimen la temporalidad de los celos y las pasiones. Otra Ana, nieta de Smith, fue amante mía y por eso le hablo tanto de los mormones. Triste fue su vida. De su muerte, si es que ha muerto,

103

no sé nada. Muchas cosas hacen de la iglesia de los mormones una iglesia correcta según la tradición de los pueblos de Oriente, por ejemplo la ley por la cual el profeta debe ser asesinado y adorado después por sus asesinos. No sé qué piensan ustedes los rusos, mas para mí ese asesinato hace respetables a los mormones. El profeta tenía un nombre sencillo, Joseph Smith, y en 1844 fue encarcelado en una aldea de Illinois por las sectas rivales. Un grupo de cuatro hombres entró en su celda y lo mató a tiros. Luego se convirtieron al mormonismo, supongo. En el campo los mormones tienen todavía la costumbre de conservar la primera barba de la adolescencia, y algunos llevan el pelo muy largo, lo que ahora no llama la atención porque todos los hombres quieren parecer adámicos. En mi infancia era diferente. Un día llegó un mormón a la puerta de mi casa ofreciendo legumbres y yo, con grandes ojos de asombro, fui a mi madre a decirle: «Es Jesucristo, que viene conduciendo un camión.» La fugitiva Ana decía de su esposo que era un monstruo abominable. Las otras pensaban de manera diferente. El venerable Smith tuvo cincuenta y seis hijos. Entre sus esposas, la favorita era

Amelia Folsom, quien defendiendo a su marido de los ataques públicos de Ana declaraba: «Es imposible hallar un marido más amable, más afectuoso e indulgente.» Los matrimonios de Ana, después de escapar de su esposo, acabaron todos en catástrofe según ella misma confesaba. Fue la mujer más desgraciada de que he oído hablar en mi vida. *(Por encima de Jack y de Mitchell pasó una bandada de tórtolas con gran fragor de alas. Debía de haber en el cielo algún halcón amenazador. Y Jack seguía):* Así como Ana cambió de maridos, cambió varias veces de religión y fue sucesivamente mormona, metodista y finalmente adepta a la iglesia de Mrs. Eddye, es decir a la Christian Science. Una lindísima fémina versátil, cuya nieta, se lo juro, tenía las tetitas pequeñas y redondas, macizas y erectas, y no digo más porque me excito. De ese incidente de Ana vino la prohibición de la poligamia para los mormones y para todo el mundo, claro. Si en lugar de ser Amelia Folsom la favorita del harén hubiera sido Ana, tal vez no habría sucedido nada y los mormones, con su poligamia, se habrían hecho los dueños del país. Porque nosotros, dígase lo que se quiera, somos polígamos por naturaleza. Yo al menos no tendría nada que objetar si no pensara que a razón de 56 hijos por cabeza de familia la población yanqui sería hoy por lo menos de dos mil millones de seres humanos. No habría pan para todos entre Canadá y el Río Bravo, ni tal vez entre Alaska y la Patagonia, ya que el continente alimenta hoy con parsimonia a sus cuatrocientos millones. Muchos millones y cada día nacen más y más, porque la producción es en cadena. Aquí fornican, allá paren, un poco más lejos los vacunan, luego les dan un rifle, los destripan y la cadena sigue. Yo estaba lo mismo que usted en eso del rifle.

—Ya sabía yo —dijo Mitchell apresurándose a tomar la palabra para que no siguiera hablando Jack— que desde siempre los mormones rechazaron la guerra. Es lo que pasa. No les valía porque tenían que ir como enfermeros. En todo caso, y estando yo en Berlín, creo haberle dicho que subí al retiro montañés de Hitler, el de la risa polaca y verdugo de Su Majestad David II. En Alemania yo tenía un amigo, como dice la canción, *eine kamaraden*, buena persona. Soldado también, claro. Mientras estaba solo y aislado de los demás era una persona excelente. No era peor que nosotros, se lo juro; pero, lo que pasa, la avalancha lo arrastró como a cada cual. Una noche, en una escaramuza, me hirieron. Nada. Una esquirla de mortero que me atravesó la boca de lado a lado. Me entró por una mejilla y me salió por la otra, sin tocarme los dientes, pero dándome un raspón en la lengua. Mucha sangre. Al principio creían que estaba herido en los pulmones y me pusieron con los medio desahuciados : tanta sangre echaba por la boca; pero luego vieron que no era nada. Siempre he tenido suerte. Mas estuve toda la noche en la cuadra de una granja, rodeado del estiércol de los caballos, donde pude coger el tétanos. Allí me estuve pensando que para mí la guerra tal vez hubiera acabado. Por desgracia, no fue así. Y veía, como le dije, cosas raras. Por ejemplo, un lento entremorir de las edades futuras, ya todas en fila, y entre fila y fila millones de doncellas soñando en vano su sueño ritual. ¿Qué sueño? ¿Qué sueño va a ser? La violación. Lo malo es que antes de casarse prefieren ofrecer otras aberturas del cuerpo, orales o anales, para evitar el embarazo y perdone si resultan mis palabras un poco duras, pero es una verdad de todos sabida. Por eso no dejan de ser doncellas. Entretanto, todos los soldados me querían hacer confidencias y me decían que había un arcano en sus deseos antiguos, pero yo sé lo que pasa en tiempos de extenuación por la locura de la sangre y sólo pensaba, mientras estaba en el establo, en una puerta de oro que se veía en el techo. Una puerta de oro sin llave. Al mismo tiempo ventoseaba un soldado cerca de mí, reía otro a su lado y un tercero protestaba llamándolo marrano. Yo pensaba en lo que había detrás de aquella puerta, mas para averiguarlo me ofrecían un sextante marinero, y ¿qué iba a hacer yo con él? No sabía manejarlo. *(Jack se impacientaba cuando Mitchell se ponía a hablar de aquella manera, pero no se atrevía a interrumpirle pensando que se había gastado diez dólares para salir del sanatorio y permitirse el lujo de hablar como un ser libre con otro ser libre. No recordaba durante algunas horas que ninguno de los dos era del todo libre porque tenía el presagio seguro de una muerte, cuyo nombre —el de la muerte personal de cada uno— no habían aprendido aún.)* Las ondas del crepúsculo se habían acabado y esperábamos con impaciencia las del amanecer, cuando todos tosían y meaban contra el muro. Las impaciencias de la guerra no son broma. A algunos se les había acabado la vida antes que la paciencia, y allí cerca tenía yo un buen ejemplo: un hombre con la mitad superior de la cabeza volada. El casco de granada de mortero tal vez había sido el mismo del que desprendió la esquirla que me dio a mí en la mejilla. Pero a él le tocó un poco más arriba y un casco mayor. Y a pesar de todo conservaba las aletas de la nariz intactas y eran delicadas como las de un niño. Los recuerdos se me acumulaban en aquellas noches, entre muertos y heridos. No sé cómo explicarlo, pero la sangre, los malos olores me repugnaban y dolían, y sin embargo, mi repugnancia y mi dolor me gustaban, y es que la vida consiste en que uno se guste a sí mismo hasta en el crimen y la muerte consiste en que uno se disguste a sí mismo hasta en la virtud, ¿verdad, amigo? Detrás de cada recuerdo, aquellas noches de los establos, llenos de sangre y de excrementos, había, además, un olvido esperando y también gozaba uno anticipadamente de aquel olvido, ¿eh? Es un sentimiento delicado y fugaz ese, como el roce de las alas de dos gaviotas volando en direcciones contrarias. Cosa difícil. No podía dormir aquellas noches porque cada vez que abría los ojos veía arriba, al lado de la puerta de oro, un ramo de tamarindo, y le preguntaba al herido de al lado y él me decía cosas que yo no comprendía o que entendía mal. Y que no venían a cuento. La primera vez me dijo: el viento tiene su camino de luces (debía de referirse a las balas trazadoras), pero estábamos hartos de balas trazadoras y lo que cada cual esperaba era hallar la sombra de su propio ser en un lugar tranquilo, con sus memorias malas y sus esperanzas buenas. Aunque no creyéramos en el futuro. Porque yo nunca he creído. ¿Es éste mi futuro de entonces? Pues ya ve. El alma es aire, neuma, decía Pitágoras. Neuma, el alma. Y los gases digestivos que huelen tan mal son neuma, ¿son alma también? Vaya usted a averiguarlo. El caso es que duraba mucho la guerra. Menos mal que las guerras que anuncian ahora durarán sólo dos o tres semanas, pero tal vez acaben con todos los neumas, los de dentro y los de fuera, y la puerta de oro del techo quedará cerrada para siempre. Asimismo se cerrarán para siempre otras puertas como las de las alcobas nupciales y las de los retretes, digo yo. Y habrá un silencio tremendo, aunque no lo podemos imaginar si lo comparamos con lo que ahora llamamos silencio. En el de ahora hay pensiles para los poetas románticos. Después ya no habrá mancebicas que clasificar, aunque tal vez quedará alguna muñeca de luto esperando el desvirgue y desde luego enormes anclas enmohecidas en las playas de la historia. Qué tiempos los que nos esperan, ¿eh?

Jack le dijo como ofendido:

—¿Qué tiempos quiere usted que sean? Ya no habrá tiempo, y si no pregúnteselo a ellas, a las moiras, que ellas entienden.

—¿De qué?

—¿De qué ha de ser? Del tiempo desnudo de números.

Cuando Jack acabó de decir estas palabras pasó por la avenida próxima, dentro del parque, un carrito automóvil con una sonería como las de las cajas de música, conducido por un hombre que vendía helados. Mitchell dijo:

—Perdone si le he molestado con mis recuerdos personales, y como sé que en este momento desea un buen helado de frambuesa, lo invito. No se preocupe, que también yo quiero otro. Y además este amigo irá a comprarlos para los dos. Eh, usted. Por diez dólares que le pago bien puede molestarse e ir a comprar dos helados de frambuesa. Puede comprar tres, si quiere usted también el suyo. Le invito, aquí está el dinero. No voy yo porque a lo mejor pensará usted que quiero escaparme y accionará los electrodos de la miseria y me dejará apendejado entre las moiras, pero no se preocupe. No me escaparé. ¿Para qué? Todos los lugares de la historia, incluidos los tronos de Napoleón y de Alejandro Magno, eran peores que éste. Aquí tenemos hasta lagos de cristal para los reverberos de la gloria y retretes públicos un poco más abajo, para los niños y los mayores. Lo bueno de las guerras es que los que sobreviven se quedan olvidados entre los almirantes momificados dentro de sus uniformes y las generalías sin sentido. Todos se van delante de uno, digo esos vejestorios galoneados. Bueno, todo pasa, es verdad. Absolutamente todo. Lo abstracto y lo concreto. El horror y el regustillo del horror. Absolutamente todo pasa.

—Todo, no —dijo gravemente Jack viendo alejarse al celador—. La muerte se está.

—¿Cómo?

—Que la muerte se estará siempre —gritó

Jack para hacerse oír mejor—. Nunca pasará. Y sabiéndolo, sabiéndolo...

—¿Qué? —preguntaba Mitchell, ansiosamente.

—No me atrevo a decirlo —susurraba Jack temeroso—. No me atrevo, la verdad.

—Hace mal. ¿O es que no confía todavía en mí después de haberle dicho tantas cosas?

—Bueno —dijo Jack decidido y mirando a las moiras con aire donjuanesco—. Quería decirle que todo pasa menos la muerte.

—La muerte es sólo una palabra.

—Sí, es verdad. Una palabra ante la cual el universo entero tiembla.

—Entonces es mejor no decirla nunca. El universo se pone a temblar, en eso estoy de acuerdo. En este momento yo veo los meridianos boreales estremecerse como sacudidos por un huracán impío de esos que se dan sólo en los Estados Unidos de América y por lo general en el mes de setiembre. El universo entero, pero sólo visible a trechos, está temblando. No vuelva a decir esa palabra. ¿Usted ve esa fuente de piedra oscura cerca del coche de los helados de frambuesa? La he visto temblar. Hay musgo verde, porque los chicos dejan abierta la espita mecánica y la brisa lleva semillas y se quedan prendidas en la humedad y así el musgo crece y tiembla. En la guerra todo temblaba con cada cañonazo. Con los del enemigo y con los nuestros temblaban las ramitas de los árboles, las hojas de hierba, temblaba la mosca que flotaba cerca de mi cabeza, temblaban nuestros pulsos en las sienes y en las axilas, temblaba nuestra voz. Y no de miedo, sino mecánicamente, por la onda neumática. Pero es que temblaba todo el universo, aunque nadie decía la palabra *muerte*. Ni siquiera los camilleros mormones de la sanidad. Estos decían: *casualty* pero ninguno decía la palabra *muerte*, una palabra, sin embargo, preñada de vida con todas sus porquerías y sus delicias. Llena de heces fecales, de sangre, de incestos, de adulterios sabrosos, de curas herniados y fugitivos que no podían correr bastante de prisa, de jueces leprosos y de hembras imposibles de clasificar porque estaban en cueros, y ya se sabe que a las hembras se las clasifica por el color de sus bragas, más o menos. Perdone. Yo tampoco debería haber repetido esa palabra y ¿ve usted cómo el celador tiembla con los tres conos de helado en las manos? Es de una familia alemana inmigrante y el pasmo campesino de

Silesia sacude mejor los vidrios del verdadero ser entre los alemanes que entre nosotros. *(El celador llegaba y se ponían los tres a lamer el cono color de frambuesa con una glotonería inocente de infantes. ¿Quién diría que Mitchell había clavado el cuerpo vivo de un japonés contra un árbol? Y que Jack... bueno, Jack no se sentía con ánimo de confidencias, al menos mientras no hubiera terminado Mitchell con las suyas, pero sospechaba que Mitchell no terminaría nunca, porque la vida humana es corta, pero tan ancha y tan profunda que una eternidad no basta para abarcarla entera.)* Usted ve lo que pasa. Ahora las moiras nos ven, sonríen y una de ellas va al coche de los helados a comparlos para ellas. Nos imitan. Las mujeres son gregarias, según dicen. Y sin embargo, la más femeninamente tonta de todas tiene su mérito, se lo digo yo, y usted puede creerme. Ella puede fabricar un hombre y para eso ha venido a la vida. Tiene sus grasas sexuales en las caderas, en las bellas nalgas, en el bajo vientre, en los senos. Todas las grasas bien distribuidas y listas para alimentar al bebé. Lo demás las tiene sin cuidado. Los hombres luchamos, matamos, escribimos filosofía y metafísica, hacemos álgebra y vuelos estratosféricos e interplanetarios, preguntamos a Dios cosas que nunca nos responderá. Nosotros. Ellas no hacen sino tejer y esperar. Con sus grasas dispuestas. Lindas grasas que hacen la caricia más cerúlea y emoliente, por decirlo así, y la penetración más acojinada. De *cojín*, ¿eh? No me entienda mal. Nosotros sólo les damos el pretexto, con el semen, pero ellas fabrican al hombrecito y todo continúa centurias y milenios y decenas de milenios como si tal cosa. Ellas son las que menos tiemblan en el universo, cuando oyen esa palabra que ha dicho usted, y que no debemos repetir nunca. Pensar en esa palabra es inevitable, pero no hay que decirla. A las mujeres yo las deseo, claro. ¿Cómo no? Pero, ah, las grandes putas, con sus privilegios todos cuajados en la grasa sexual. En la guerra no había nada deseable ni hermoso, pero la niebla del amanecer tenía flores cuyo nombre está sin determinar. Yo quería saberlo y en vano preguntaba a los capitanes. El capitán americano, cuando pasé a pertenecer a su ejército, siempre estaba riñéndome porque no me afeitaba y solía decirme: no se presente a mí sin afeitarse. Así que ni siquiera tomaba en cuenta mi pregunta. Quería que nos afeitáramos cada día porque, según él, que era oficial de carrera, el soldado afeitado y limpio tiene una moral más alta que el barbudo y sucio. Manías de tipo amariconado, pienso yo. Podrá ser verdad con los aviadores, que viven en buenas y cómodas barracas con todos los lujos. O entre los artilleros que están en la retaguardia con sus baterías. Pero entre la infantería de choque era una exageración idiota y *pansy*. Un piloto lo único que tiene que hacer es mirar a la derecha o a la izquierda, y de vez en cuando apretar un botón con la misma mano que maneja el mando. Apretar un botón, y las ametralladoras sueltan sus balas: *raaaaaaap*. Eso es todo. Y ellos entran en la niebla y saben el nombre de la flor de la niebla. Es bueno que vayan afeitados porque para salvar su barba limpia y sus mejillas rosadas harán primores y rizarán el rizo, como los mandos desean. Pero a mí nadie me dijo nunca el nombre de la flor de la niebla. Los pilotos afeitados hablan a sus moiras (que las hay en la niebla, comiendo helado de vainilla), y ellas les responden cosas muy juiciosas: «Viniste de la nada y vas a la nada. Quédate un poco conmigo, entretanto, y si ves otro avión

aprietas el resorte de las ametralladoras, que
también el que vuela contra ti vino de la nada
y volverá a la nada, y cuanto antes mejor,
porque entretanto, afeitados o sin afeitar,
aplastáis mis flores con los gases de vuestros
motores.» Mi capitán no me respondía nunca
amistosamente, porque sólo me afeitaba cada
ocho o diez días, y una vez hasta llegó a arres-
tarme porque le pregunté si debía afeitarme
los cojones también. «Para lo que te sirven...
lo mismo da», me contestó el viejo cabra.
¡Mire usted que arrestar a un soldado porque no se afeita cuando anda destripando a
bayonetazos a personas que no le han hecho
nada! En Alemania las pasé peores que en Polonia. Allí el enemigo defendía su suelo y sabía
mucho más que nosotros sobre cotas y niveles y toda clase de trucos estratégicos y tác-
ticos. Yo creo que allí fue donde comencé a
discrepar de la locura que podríamos llamar
constitucional, y por eso ahora me ponen un
celador no para que me cure yo, sino para
que no contagie a los otros de mi honestidad.
Y por eso me paga Uncle Sam sin hacer nada
y, como he dicho varias veces, en definitiva no
debo quejarme porque nací en Rusia y no
en América, y no tengo derecho a nada de lo

que me dan. En aquellos días sentía yo mi pecho calcinado, por decirlo así. Bueno, mi corazón, porque cuando uno habla del pecho quiere decir el corazón, ¿verdad? Calcinado y hecho cenizas. Cenizas prematuras porque un día no lejano me quemarán el corazón. Lo tengo dispuesto en el testamento. Quiero que me quemen. Pero aquella calcinación entonces era prematura. Aunque no lo crea usted: a esas tres moiras yo las conocía hace años. Las he conocido de siempre, como los mormones a su Cristo, que dicen que vivió desde el primer hombre y que vivirá hasta el último. Yo las conocía. ¿Ve usted que sonríen y me saludan? La primera es una gran dama, sólo que se emborracha. Desea el mal de cada ser humano, sobre todo de nosotros, los hombres. Y bebe para emborracharse, y cuando yo le digo que es un monstruo ella me dice: «Es que estoy un poco alcoholizada y eso me ha hecho monstruosa. Pero sólo me emborracho con buen vino de ese que usan los curas en la misa.» Aceptar que está alcoholizada, lo acepta. Dice que su monstruosidad es parte del D.T. (*delirium tremens*). Entonces yo le respondo: No. Eres un monstruo antes de beber y bebes por eso, porque eres un monstruo. La cosa es un poco diferente entre beber por ser monstruosa y ser monstruosa por haber bebido, ¿verdad? Lo cierto es que sólo quiere el mal para todos los que conoce y aun para los desconocidos. Ella cree que no les hace daño porque el peor mal... bueno, ya sabe usted cuál es. No diré el nombre. A usted no lo conoce esa moira, pero está deseando que le atropelle un camión, así es que tenga cuidado cuando cruza las calles. Crúcelas sólo por las esquinas donde hay semáforos y cuidando bien que haya luz verde. ¿Estamos? Todos los días de la guerra no eran iguales ni mucho menos. Los había sin niebla y con sol y hasta había en el campo higueras cuyos frutos maduraban con una especie de resol de Getsemaní, y no ría, que es verdad. La otra moira, la rubia, es la que dice que lleva la antorcha del Señor Uno y Trino, y la tercera dice que tiene una daga con cachas de vidrio para mutilar al amante infernal, que sabe quién es y dónde está. Espero que no sea usted, pero por si acaso tome sus precauciones. ¿Ve usted que lleva un cestito de labor? Pues allí está la daga de las cachas de vidrio. Yo me pregunto quién se la habrá regalado porque las mujeres son tacañas, y una daga de ésas debe de ser cara y además ellas no necesitan esas dagas porque saben matar de otras maneras y la mejor, como solía decir una novia que tuve, es la cama y el tiempo con todas sus circunstancias pasionales adyacentes —porque sin ellas todo es vano— como los celos, las traiciones, las mentiras, los quidproquos —más sutiles y peligrosos—, los disimulos matizados, las falsedades ingenuas, la finta venenosa, la afectación de rendimiento, la falacia hasta más allá de la muerte, la argucia musical, el artificio mudo, los viceversas del yo y el tú, la trampa genial, el artificio falsamente bobo, la celada del embaucamiento, el fraude petardero y tantas otras cosas y trucos que sería imposible decir por entero. Ellas mismas los ignoran porque son, eso hay que aceptarlo, inocentemente peligrosas y encantadoramente cochinas. Creo que ésas son las únicas peligrosas: las que se conducen sin daga ni veneno. La otra, la de la antorcha, es como los mormones y cree que la antorcha se la dieron al comenzar la vida del planeta y la tendrá hasta el final. Ella dice *del universo*, pero no hay que exagerar. Lo que dicen los mormones sobre Cristo es diferente, y yo lo comprendo a mi manera. Hablo también de los mormones porque había tres en mi regimiento en la guerra, digo cuando me hice una identidad de soldado gringo. Los mormones se negaban a tomar las armas, pero los ponían de sanitarios y enfermeros en la Cruz Roja. Y hacían bien su tarea, de eso no hay duda. Como usted ha dicho, ellos creen que Cristo era como la sombra del primer hombre y que vivirá hasta el último, con lo que quieren decir, tal vez, que Cristo no ha existido nunca en carne mortal y que por eso no murió, y que los evangelios son verdad en cada palabra y cada línea, ya que nunca dicen que Jesús fuera engendrado por el hombre sino por el Espíritu Santo que es nuestra imaginación creadora, y esa imaginación es virgen antes del parto, en el parto y después del parto. Los evangelios no mienten, pero hay que saber mucho para entenderlos. Ya es bastante milagro que Dios nos haya capacitado para inventar a Jesús y crearnos con la idea de Jesús un puente que nos ligue a él, ¿verdad? Cristo es usted y soy yo y somos cada uno de los hombres y todos juntos, especialmente cuando no entendemos el dolor y miramos al cielo tembloroso y decimos: ¿Por qué, Señor? Lo mismo que dijo Cristo en la cruz: ¿Por qué, Señor? Y es lo que dice cada uno de nosotros

122

al menos tres veces en su vida y otra al final. Los mormones no dicen que no existiera Cristo, sino que existió siempre, y sólo existe siempre lo que no ha nacido nunca. ¿No le parece? Es lo que yo me digo a veces:

...a fuerza de soñarme yo ya no sé quién soy si morí hace mil años o si he nacido hoy.

No es que yo sea poeta, sino que lo leí en un libro de poesía hace años y me parece una verdad como un templo. En cuanto a la tercera moira, la de la daga, cuando nos encontramos se pone a preguntarme cosas de mis años de la guerra en Europa. Le interesa más Europa que el oriente chino o japonés. No sé por qué. Ella dice que es porque tiene en el pecho una ventana entreabierta sobre las *quasars* del fin. ¿Y qué ves en ellas? Ella me dice, confusa, que no son las *quasars* las que le interesan, sino solamente la estrella que guía a los navegantes y que está mucho más cerca. Querría ser ella guiada por esa estrella, porque las moiras son las más desorientadas y desorientadoras mujeres del mundo. Nunca saben adónde van, pero *actúan*, por decirlo así —es decir por usar un eufemismo—, con los seres que encuentran al paso. Y como correr, pueden correr, es decir, incluso, volar. Como las harpías, ni más ni menos. No son feas ni tampoco hermosas. Son sólidamente estructuradas y bien trabadas de miembros, y todo en ellas es más o menos aceptable menos su mirada. En su mirada se ven profundidades que no son de este mundo, y yo no soy cobarde, la verdad, pero no me atrevo a mirarlas de frente. No soy cobarde porque toda la cobardía que tenía la gasté en la guerra y desde que salí de aquellos campos de estiércol y fuego, desde entonces soy naturalmente despreocupado del peligro y no digo valiente porque eso sería vanagloria estúpida y una provocación contra las moiras ligeramente arriesgada. Es lo que nos pasa a la mayor parte de los que hemos rebasado los cuarenta, con guerra o sin ella. Hemos gastado ya toda nuestra cobardía en los embates de la juventud y ya no nos queda más. *(Aquí Mitchell bajó la voz y trató de sonreír, para añadir enseñando sólo el colmillo izquierdo, porque su sonrisa era de hemipléjico)*: La tercera moira que lame su cono de helado dándonos a nosotros nostalgias de intimidad y usted sabe lo que quiero decir, la tercera moira, la de la ventana y las *quasars*, estuvo una vez

124

preñada no sé de quién. Es lo que suele pasar con algunas mujeres. No saben de quién. Ya lo dice el proverbio: «Cuando el hijo crece, a la madre saca de dudas.» Yo andaba entonces con ella, poco después de licenciarme del ejército, y en los primeros meses del embarazo olía raro y blando, así como la flor del guisante o del haba silvestre. Raro y no desagradable del todo. Una moira preñada es cosa notable, ¿verdad? Sobre todo cuando se trata de ésa, que no ha parido aún y que lleva años y años preñada y mirando a las *quasars*. Una preñada pedante, diría yo. Es como lo que decía de los mormones. Quizá lleve siglos y siglos preñada ¿y quién sabe lo que parirá? ¿Un dios, un hombre, un pavo real, un cerdo? Cuando camina, esa moira cojea un poco y es la que más se ríe y la más pícara, como suele pasar con los cojos. Son el diablo mismo, y eso lo hemos visto todos desde niño. En Alemania la guerra era más difícil, como le digo, pero la peor aventura, es decir la que recuerdo mejor, es muy rara y no tiene nada que ver con la sangre y el fuego. En la parte liberada de Berlín había una taberna, un bar más bien, porque las tabernas alemanas son de mucho lujo. Un bar de alta clase, diría yo. El *bartender* hablaba inglés y por eso iba yo allí. Los mejores *bartender* son americanos, siempre los imitan. Vigilaba, sabía las costumbres de cada parroquiano, intervenía amablemente para romper disputas, llamaba un taxi cuando un parroquiano se emborrachaba hasta el extremo de no poder caminar, se negaba a servir más al que no podía aguantar otro trago, o le daba soda pintada con azúcar quemado, en fin, era un buen samaritano de los borrachos. Pero también un puritano a su manera. Una tarde estaba yo allí y había un hombre civil ya viejo, aunque no senil, uno de esos viejos tristes, pero de una tristeza saludable y melancólica, como usted mismo, por ejemplo. Y el pobre bebía su licor resignadamente. Hacía frío, no había comida. Y como digo bebía su licor. Al otro extremo de la barra había una mujer que tendría sus buenos ochenta años, flaquita, sin grasa, con cara de niña y la piel sin brillo ni fragancia ninguna como se puede suponer, pero también sin arrugas. Era una especie de momia bonita si eso es posible. Y aquella mujer vino tambaleándose y se sentó al lado del hombre viejo y mirándolo a los ojos le dijo algo entre dientes. Luego le pasó la mano dulcemente por el pelo, como a un niño. Y murmuraba palabras que yo no entendía. En alemán, claro. Yo sé algo de alemán y sólo atrapé alguna palabra suelta aquí y allá. Como *jahrige* o bien *gesschlechtlich*, que cualquiera sabe lo que quiere decir, pero mezclado con sonrisas afables y gestos de una distinción caduca. El *bartender* comprendió que estaba borrachita. La conocía de otras veces. Ella pidió algo de beber y repetía: *wenn es Ihnen gesatlig ist*, pero el *bartender* no quería servirla y fue al teléfono a llamar el consabido taxi. Porque en plena guerra había taxis en Berlín. La viejecita miraba con miedo al *bartender* y con amor al anciano. Había jóvenes allí —yo mismo—, pero ella había ido al más viejo, tal vez porque le recordaba sus tiempos. Se le había acercado hasta poner su costado junto al de él, y volvió a decirle algo y a pasarle la mano por el pelo. Llegó el taxi y el *bartender* le dijo: «Señora, ahí está su taxi.» La pobre se fue sin decir una palabra de reproche y dejándole al anciano una mirada de una ternura desesperada. ¡Pobrecita! Aquel hombre le recordaba a alguien, o tal vez no le recordaba a nadie, pero adivinaba en él tristezas y miserias. El *bartender* le dijo al cliente: «Oh, la vieja borracha. ¿Le ha molestado?» «No, no —dijo el anciano—, y todo hay que tenerlo en cuenta, la pobre está seguramente sola, nadie la quiere, nadie la escucha y viene a emborracharse y ya borrachita quiere un poco de calor humano.» Entonces el *bartender* dijo en broma que debía pedir otro taxi para él. Pero el viejo tenía razón. El amor de aquella viejecita era todo el amor que quedaba en la ciudad aquellos días, supongo yo. ¿Qué le parece? La viejecita ha muerto hace tiempo, de eso estoy seguro. ¿Cómo moriría? ¿Como una gatita abandonada detrás de una lata de basuras? Y diciéndole a Dios: ¿Por qué, Señor? En todo caso así era la vida y sigue siendo en todas partes. Locura genuina y locura fingida. Y muertos y heridos por todas partes, en tiempos de paz y de guerra. Sobre todo en tiempos de guerra, como usted sabe. Allí, en Berlín, no puede usted darse una idea de lo valientes que estaban los nazis, es decir los que quedaban vivos. Todo por el Führer de las carcajadas de Varsovia después de dar la orden de coronar a David II. Allí peleaban grandes y chicos, muchachos de once años, con muslos de doncellas y sin pelo en la barba, con bombas de mano y rifles. Jugaban a la guerra, pero usted sabe cómo toman en serio los chicos sus juegos.

Daba pena matarlos. Peleaban como leones siguiendo las consignas del viejo monotesticular que había querido hacer saltar la ciudad de París entera. Nosotros andábamos desorientados por Berlín como por un bosque desconocido porque cada diez minutos cambiaba el panorama, y donde antes había una plaza la plaza había desaparecido bajo montones de ruinas, balcones desprendidos, cornisas y muebles rotos: dormitorios enteros arrancados de los edificios próximos, con la cama patas arriba, pianos de cola deshechos, mesas y aparatos de radio. Las esquinas se desviaban como las lomas en los terremotos. Había valles en la ciudad como en las montañas, y en aquellos valles las hogueras sagradas de San Juan y algún caballo blanco de los que los germanos usaban en siglos pasados para sus profecías. Por la noche se oían cosas raras: por ejemplo, una voz desriñonada que gritaba: «¡A mí los bebedores de venenos!» ¿Qué querría decir con aquello? Bueno, a lo que íbamos, cuando llegamos a Berlín habían muerto más de dos millones largos de alemanes, todos a causa y la mayor parte a la mayor gloria del hombre de las carcajadas dilacerantes de Varsovia. ¿Es que aquello tenía senti-

129

do? No hay duda. Todo lo que sucede es porque puede suceder y hay filosofías cristianas que nos dicen que la realidad es perfecta. Pero a veces me pregunto cosas que no puedo contestarme a mí mismo, por ejemplo: ¿qué quería decir aquella orden de detenernos en la acequia madrina? Había otras órdenes diciendo que había que alcanzar tal o cual cota hasta que se agotaran los regueros del estío. ¿Qué regueros? Un capitán (el que tenía la manía de afeitarnos) decía una noche: «¡Ésa es la verdadera luna madrina! ¡Adelante!» Lo curioso es que aquella vieja momia, casi bonita, que había visto en el bar, apareció en una esquina agitando un ramo de romero como pidiendo que no le hiciéramos nada, porque temía que la violáramos. Al parecer, ella quería sólo pasar la mano por el pelo blanco de los hombres viejos y melancólicos. ¡Pobrecilla! Yo le habría dado un beso, un beso en la frente, pero tenía miedo a la decepción. Porque la verdad es que si aquella momia casi bonita me hubiera echado mano a los testículos me habría parecido que el cielo me caía encima. Y uno ha sufrido tantos desengaños en la vida, que no sabe si podría tolerar uno más. La viejita gritaba: «¡A la orilla, soldados, a la orilla!» «¿A qué orilla?», le pregunté yo. «A la orilla de la estrella de cinco puntas.» «Bueno, ¿quiere usted decirme dónde está la estrella de cinco puntas y qué se puede hacer en su orilla?» Yo miré alrededor, porque a veces hay en el pavimento una estrella grande hecha con adoquines o con bloques de madera de colores, por decorado y adorno, pero no vi ninguna. Entonces hice un discurso viendo que la viejita me escuchaba y también me escuchaban algunos chicos de muslos desnudos, como las doncellas, parapetados en las esquinas que todavía se mantenían en pie. Me escuchaban ya sin odio y sin ganas de pelear. Recuerdo que les dije más o menos: «Llamasteis una vez diciendo el nombre del verdugo de David, y aquí estamos. ¿Por qué tardáis tanto en contraatacar? ¿O es que queréis guardaros en el arca del cenar las tripas enteras para poner algo en ellas esta noche, todavía? Todos los estampidos se han concentrado sobre las cabezas vuestras, es verdad. Por un lado los rusos en el nombre del Uro de las Asias. Por otro los aliados franceses y los gringos. Todavía no nos encontramos con ellos, pero no deben de andar lejos.» Y yo buscaba algo así como la razón final de la pureza y creía que tal vez la había encontrado en aquella momia bonita que quizá, a pesar de todo, era virgen. ¿Por qué no? Si se tratara de quemarla no hallaría el fuego en ella una gota de grasa sexual. Si ardía ardería como el asbesto o como el mármol (que creo que no arde nunca), lo que no dejaba de darle a la viejita su calidad virginal. Pero confieso que no sabía qué era lo que buscábamos. Yo esperaba encontrar a los soldados del otro lado que venían por Oriente en masas de millones, a ver si me ayudaban a entender. Y bien que me ayudaron a su manera, es decir dándome la identidad que tengo, pero sin que por eso comprendiera mejor las cosas que sucedían. Tampoco lo entiendo ahora. Yo era, como usted sabe, un ruso un poco leído, así como ustedes más o menos. Hay rusos que saben mucho, de veras, pero su saber les vale de poco realmente. Yo diría que, lo mismo que a mí, no les vale de nada su saber. Pobres rusos y pobres de nosotros y de los *bartender* que echan del bar a las momias vírgenes y solitarias. Encontré al gringo en el centro de una plazuela deshecha, es decir con todas las casas de alrededor destruidas por los bombardeos. Iba a lanzarme una granada cuando yo dije a grandes voces:

Ruski! Y entonces vino y me abrazó y yo lo besé. Eso de besarse los hombres es cosa tradicional en Rusia y no supone malicia, es decir aberración alguna. Y entonces lo mismo él que yo pensamos que ya estaba todo el trabajo hecho puesto que en él y en mí se habían reunido los dos ejércitos. En el lado suyo había más de quince millones de hombres, pronto se dice. Y en el mío otros tantos. Y entre los dos campos millones de alemanes habían muerto y seguían muriendo por el hombre de las carcajadas de Varsovia. Ya le dije que yo hablaba inglés. Era agente de enlace con las fuerzas americanas. Mi inglés con un poco de acento de Oxford, pero del Oxford de la India inglesa, creo yo. En todo caso, le dije después de sentarnos al abrigo de unas ruinas y compartir nuestras raciones frías: ¿Tú entiendes lo que pasa en tu lado? ¿No? Pues yo tampoco entiendo lo que pasa en el mío. ¿Qué clase de tío es ese Hitler? Yo le conté lo de las carcajadas de Varsovia y el otro escuchaba sin sorpresa alguna y como si fuera lo más natural del mundo. Luego yo añadí: En nuestro lado pasan cosas igualmente difíciles de entender. Yo estuve dos meses con una excavadora abriendo una trinchera en medio de un bosque, una trinchera larga de medio kilómetro y ancha de más de veinte metros, y nadie me explicaba para qué. ¡El polvo que yo tragué en aquella faena! ¡Las raíces de árbol que rompí! Cuando la trinchera estuvo hecha con un fondo y profundidad de unos quince metros me dijeron: ya está. Y el día siguiente vinieron quinientos oficiales polacos sin armas, alegremente. Los nuestros les decían que iban a tratar de justipreciar el valor de aquella trinchera como defensa contra los *panzer* alemanes, es decir los tanques pesados. Decían que estaban tratando de ver si aquellas trincheras los detendrían mejor que la línea Maginot en la frontera francesa tres años antes. Para eso los oficiales polacos se asomaban al borde de la trinchera y entonces, por detrás, los rusos los ametrallaban. Caían como peleles, que es como suelen caer los hombres muertos de frente o de espaldas. Luego iba yo con la excavadora y les echaba tierra encima. Al día siguiente llegaban otros quinientos oficiales polacos despreocupados y alegres, y la historia se repetía. Esto sucedió cada día por término de un mes. Unas veces por un lado de la trinchera y otras por el otro. Así es que cayeron unos quince mil oficiales. Todos

134

los del ejército polaco, incluidos los que simpatizaban con Rusia. Todo porque alguien le había dicho al Uro que los polaccos lo consideraban ignorante, rudo y criminal. No dejó uno vivo. «Vamos a darles la razón a los polacos», parecía decir. ¡Quince mil asesinatos en serie!

—¿Por orden del Uro? —preguntó Jack.

—Sí, allí todo se hacía por órdenes suyas como en Alemania por órdenes del Führer. Ahora bien, si mañana le dice a otro ruso esto que acabo de decirle, algunas horas después estaré con el cráneo abierto y mis sesos esparcidos por el suelo. Entonces, se preguntará usted: ¿Por qué se confía este ruso idiota? Es que he visto tanto desde hace dos años que ya me da igual estar encima de la tierra que debajo de ella. He visto centenares de rusos ahorcados a la entrada de las aldeas y millares más quemados en grandes pilas, es decir medio quemados, porque nunca se llegan a quemar del todo. Haría falta gastar más gasolina y es necesaria para los tanques. He visto soldados helados, con cuatro patas rígidas en el aire y la ametralladora agarrada todavía por el mango, apuntando a las nubes y riendo, es decir, enseñando los dientes como si rieran, porque el frío contrae las mejillas; he visto niños destripados en los brazos de sus madres y otros tratando de mamar de los pechos de su madre muerta y caída y violada; he visto que es mentira lo que dicen en un lado sobre la revolución y en el otro sobre la contrarrevolución, lo que dicen los budistas y lo que dicen los cristianos; he visto que la ley es falsa en Rusia y sólo la cumplen los esclavos en las fábricas y es falsa en el resto de Europa, donde está hecha para los ricos; he visto que el marido odia a la esposa y ésta a los hijos, que la tiranizan con su debilidad; he visto que el joven quiere ser adulto para mentir, robar y violar más a sus anchas y que el viejo tiene vergüenza de su vejez y de ella muere olvidado en un rincón; he visto que sólo hay una clase de honradez y es la de los lobos con sus crías, a las que llevan de noche al lado de los soldados heridos, en la estepa, para que se les coman las entrañas todavía tibias y humeantes, y también la honradez beduina de los caballos que se sofocan de asma y tienen que tirar de la batería y se sofocan y les dan de estacazos y echan espuma por la boca y les siguen pegando y mueren a veces sobre sus cuatro patas vencidos por su inútil obediencia. He visto que sólo son honrados los animales porque no tienen inteligencia y que todos los demás usamos la nuestra para mentir y engañar aunque sea a costa de las vidas inocentes de las mariposas y las gaviotas; he visto que no hay nada puro y que si alguno quiere tratar de serlo se ríen los demás de él a carcajadas, le roban la hembra y el pan, se orinan en la cazuela de su sopa y luego dicen que lo hacen en nombre de la revolución o de la contrarrevolución, o de Jesús o de Buda, porque lo mismo les da lo uno que lo otro. Vaya usted y diga lo que yo le he contado sobre la trinchera que abrí en los bosques rusos con la máquina excavadora y de los quince mil polacos asesinados. Vaya y dígales cómo los engañaban de quinientos en quinientos con eso de la técnica de la contención de los tanques y unos caían con el corazón atravesado, otros con un solo hueso roto, dando alaridos, y todos, vivos o no, eran enterrados con la tierra de mi excavadora y allí siguen. El suelo quedó igualado y encima sembraron hierba. Pero de noche salía mucho fósforo y llamaba la atención, y además alguno de los que lo habían presenciado se fue de la lengua. No sé quién sería. Ésta es la primera vez que hablo yo y es porque así me obligo a mí mismo a desertar en las próximas veinticuatro horas y a pasarme al lado de ustedes. No me habría atrevido, pero para crearme una situación intolerable se lo he contado a usted y así no tendré más remedio que pasarme a su campo con algún truco que inventaré, o saltarme el cráneo con un tiro debajo de la barba. Porque ustedes han peleado por nosotros, pero los van a exterminar pronto si pueden, y creo que no faltará ocasión en los años que se acercan. Se trata sólo de adelantar un poco la fecha, digo, la de saltar al fondo de la trinchera, si la combinación me falla. Pero eso que he contado de la trinchera no era todo. No era nada comparado con otras cosas que sucedían a cada paso. No de quince mil víctimas, sino de quince millones. En la retaguardia, en las dachas de Moscú pasaban otras cosas también. Espere que le cuente algo interesante. En aquellos días el Uro mató a su mujer porque, cenando los dos en casa del general Voroshílov, ella le dijo al Uro unas palabras ligeras en la sobremesa. Tal vez ella, que era una mujer muy hermosa, y había tenido una hija con el Uro, había bebido un vasito y se le soltaron los diques de la cautela. Y allí, en el comedor, con Voroshílov y su mujer y con Beria y su mujer y con Kruschev y la suya, allí, en buena y amigable compañía, ella le dijo a su marido que se conducía con demasiada rudeza con los ucranianos. Ésa fue la expresión: *rudeza*. Kruschev, que era ucraniano, la miró con simpatía, pero en el aire se sentía el olor de la sangre. Las llamas de las velas oscilaban con la brisa del resquemor. Yo sé estas cosas como si hubiera estado delante por razones que no voy a revelar ahora porque carecen de interés, compañero. Pero el aire olía a sangre humana, que por cierto huele igual que la sangre de perro. Y el Uro, es decir, aquel a quien llamaban Stalin, porque todos tenían apodos, ya no podía aguantar en la casa y tenía ganas de volver al Kremlin y desahogarse, porque se le había atragantado el postre, y en fin, como digo, se levantó y ordenó a su mujer que lo siguiera. Ella gritaba: «Por favor, déjame dormir esta noche en casa de mis camaradas, porque no me encuentro bien.» «Te vas a encontrar dentro de poco mucho peor —le dijo él—. Anda delante de mí» «¡No!», gritaba ella aterrada. Era una mujer dulce a la manera rusa, es decir a la manera secretamente heroica de las mujeres de Tolstói, porque hay mujeres de ésas todavía. «¡No!», gritaba ella yendo hacia el coche y

entrando en él empujada a patadas, porque a
patadas —con sus botas de nieve— la hizo
entrar el Uro. Ya dentro, fueron a casa. Y en
casa el Uro le dijo, y no me pregunte usted
cómo me he enterado porque no lo creería,
pero en Rusia todo el mundo se entera de todo
y también en Alemania. En la casa del Uro
había un cuarto grande donde el viejo soca-
rrón georgiano recibía a sus cómplices y allí
serían ya las dos de la noche cuando el Uro
le dijo a su mujer: «Te atreves, vieja puta, a
insultarme delante de mis subordinados, ¿eh?
Esperas estar con otra gente para sacar tus
verdades secretas, ¿eh? ¿No sabes que tienes
una cita pendiente y que te ha llegado el momento? Una cita con Abraham, tu piojoso an-
tepasado, a quien vas a ver dentro de poco. Las
barbas del viejo cabrón patriarcal van a temblar de gusto. ¿Crees tú que se me puede dis-
minuir en el Kremlin o fuera del Kremlin?
¿Es que no sabes quién soy yo? ¿No te lo han
dicho o no te has enterado por ti misma? Yo
te lo voy a decir a ti esta misma noche. Yo a ti.
Ya sabía que iba a llegar esta ocasión y que tú
me mentías cuando decías que a mí me debía
la patria del proletariado mundial tal y cual
cosa y el futuro tal o cual página en la historia,

ya lo sabía yo, porque las judías sólo sois leales a los judíos y tanto valen las unas como los otros y el moridero es el mismo para todos, y lo vas a comprobar ahora.» Y allí, contra un rincón, le descargó los cinco tiros de un revólver, dos en el corazón y tres en la cabeza, uno detrás de otro. No es muy inteligente para el crimen el Uro, porque quiso dar a entender que ella se había suicidado. ¿Cómo va a dispararse cinco tiros, dos en el corazón y tres en la cabeza una persona que se suicida? Con el primero habría tenido bastante y si no acertaba con el primero el choque nervioso le habría impedido disparar el segundo, pero los criminales son imbéciles y todos son o somos criminales, es decir todos menos yo. Por eso yo no soy imbécil, pero soy imprudente como un verdadero cabrito suicida. ¿No le parece que el suicidio es una imprudencia? Bueno, el caso es que el Uro dijo a sus colegas que su mujer se había suicidado. Y en la mañana del día siguiente, antes que nadie lo supiera, llegó el hermano de la mujer del Uro y sin saber nada se puso a tratar con el Uro cuestiones de orden político. Que si la Ucrania, todavía, que si los polacos, que si la Siberia y los campos de concentración adonde Beria mandaba a los sospechosos, que si la revolución universal o la mangancia privada, y tantas otras pamplinas y de pronto, cuando el cuñado terminó su informe, el Uro le dijo: «Tu hermana cree que yo soy rudo con los ucranianos y ésa debe de ser la misma opinión que tienes tú, porque los judíos pensáis por grupos, por familias, como los borregos. Tal vez se lo sugeriste tú, ¿eh?» «Yo, camarada...» «No entres en esa habitación.» «¿En cuál?» «En ésa» «Es que tengo que decirle algo a mi hermana.» «No entres...» «Es que ella no sabe que...» «No entres, te digo, si no quieres que te alcorcemos por arriba, que es una idea esa del alcorce que me anda por la cabeza como un piojo viudo. Porque eso soy yo desde anoche: un piojo viudo. Y tú eres menos que yo, un cuñado piojo, y además, como digo, todavía vas a ser menos. Siempre se puede ser menos aunque no lo parezca. ¿Oyes? Y te lo voy a demostrar cualquier día. Yo, a ti, que pones en la cabeza de tu hermana ideas sobre los ucranianos y sobre los judíos. Yo, a ti.» Y entonces el pobre diablo, digo el seudocuñado, porque ella y el Uro ni siquiera estaban casados, pidió permiso para ir a mear al retrete y se encerró en él y poco después se oyó un tiro. El seudocuñado se había suicidado, ése sí, de un solo tiro en la boca, que es donde no falla. Quiso adelantarse al Uro y a Beria y les quitó la oportunidad el cuñado piojo. Y allí quedó el Uro, riendo a carcajadas. Una risa en *i*, como la de las zorras preñadas: jí, jí, jí, jí, jí. Porque era colmilludo, hocicudo y silbante bajo su bigote de jenízaro: jí, jí, jí. Y reía y sigue riendo. Ríe cuando le hablan de los polacos enterrados vivos o muertos, y ríe cuando le hablan de los ucranianos o de los judíos. Cuando más a gusto ríe es cuando cuenta cómo apareció su cuñado sentado en el retrete con los pantalones puestos, pero oliendo mal, porque ya es sabido que los pobres muertos, cuando el corazón no funciona pero funcionan los intestinos... en fin, los pobres muertos huelen mal, aun antes de comenzar la descomposición. Porque todos los muertos son pobres. En el Politburó o en la Lubianca. Así le hablaba yo, amigo Jack, a aquel gringo a quien no volví a ver nunca más, y no me extraña. Yo, por entonces, sabía muy bien que la vida que me quedaba en París o en Berlín o en Miami, si conseguía escapar del ejército rojo, sería la vida de un veterano de guerra que se negaba a entrar en el juego, y que mi felicidad, si la había aún para alguien, consistiría en vivir con anuncios de pepsi-cola hechos con tubitos de gas en colores, y pasear por las avenidas del otoño con filas de faroles mojados en su base por perros de lanitas rizadas. O por este parque donde estamos, con un celador bien musculado y corto de meollo que se haría pagar por ir a comprarme un helado de frambuesa, y que todo esto era lo que podía esperar mientras llegaba lo otro, ya sabe usted lo que quiero decir. El tío de miserere. Lo que les llegó prematuramente a unos doce millones de jóvenes por la decisión de dos hombres, uno de los cuales reía en *a* (ja, ja, ja) desde su escondite del *bunker* y el otro en *i* (jí, jí, jí) desde su escondite del Kremlin. ¿Recuerda que se lo conté? Pues así fue, ni más ni menos. El Führer en *a* y el Uro en *i*. Y los dos habían decidido poco antes hacerse cómplices firmando papeles juntos —como una alianza— para acabar con el resto de la humanidad, y no pudieron llevarlo a cabo, porque pensándolo mejor enviaron antes a unos cuantos millones de padres de familia o de hijos de familia a sacarse las tripas a bayonetazos mientras el Führer reía en *a* y el Uro en *i*. Pero esa risa del Uro era sólo cuando reía a solas. Cuando estaba delante Beria reía en *u* porque quería asustarlo, ya que Beria tenía bastantes cuadrillas de verdugos esperando órdenes, y tal vez una de aquellas cuadrillas podía equivocarse un día a la hora del pistoletazo. Riendo en *u* para Beria creía el Uro precaverse. En cuanto al Führer tampoco reía en *a* cuando tenía delante a Goebbels, el elocuente cojitranco. Cuando estaba él delante, el *Führer* reía en *o*: jo, jo, jo. Para que Goebbels viera que era hombre de posible trastienda tornadiza. Porque lo malo de esos tipos es que sus cómplices subordinados se agarran a ellos, pero ellos no tienen a quién agarrarse. *Jo, jo, jo.* Y entretanto cada cual preparaba nuevas horcas y nuevas metralletas de media noche. Yo estuve en el retiro que Hitler tenía en la montaña, como creo haberle dicho. La guerra de Europa ya se había acabado. Allí estuve. Y el que me enseñaba la casa era un hombre de cincuenta años, calvo como una cebolla, que había sido encargado del jardín en vida del amo. Y me hablaba de su Führer. Decía que todos sabían lo que pasaba no sólo en Dachau y en otros campos dentro y fuera de Alemania, sino también en los de Rusia. Me contó aquello de David II de otra manera.

La verdad tiene muchas maneras como usted sabe. Otras cosas me contó que ya sabíamos a medias, por ejemplo la muerte de Von Rohen, el rival homosexual de Hitler, a quien el Führer sorprendió en su casa a medianoche acompañado de un chico holandés, a quien después habían de hacer culpable del incendio del Reichstag para cortarle la cabeza en público al estilo de los nibelungos y con música de Wagner. Aquella noche el Führer fue al dormitorio de Von Rohen y le disparó seis tiros de revólver, uno más que el Uro a su mujer. No por homosexual, de eso había mucho entre ellos y nadie se escandalizaba, sino porque conspiraba contra el Führer. No se podía disentir ni en Rusia ni en Alemania. Así, pues, decían de esa gente discrepante que morían de disentería. Los disidentes morían de disentería. Y el Führer reía en o para Goebbels. Jo, jo, jo, jo. Y recuerdo que mientras aquel jardinero viejo reía pasaban nubes de paz por encima de nosotros. Porque la naturaleza es hermosa y neutral, ¿no le parece? Lo que pasa es que no sabemos gozarla. Y el viejo jardinero me decía: «Yo quería volver a la campiña de abajo, ¿sabe usted? A la de abajo, por donde pasan los ríos y corren las mozas de saya roja que estrenan encajes en los calzones por el mes de abril, con una abertura donde se supone. Pero no podía. Tenía aquí mi deber sagrado. Eso del deber sagrado lo decía Goebbels, que en paz descanse. Y los pequeños hijos del doctor Goebbels que en paz descansen también los angelitos. Malo es ser hijo de un orador cojo, aunque sean angelitos. Y el jardinero añadía: «Lo que pasó con el judío coronado fue lo siguiente, señor. Había por entonces en Polonia algunos seres inmortales, no sé si católicos o judíos, de esos que se mueven y parecen caminar pero no avanzan, siempre están en el mismo ladrillo o en la misma losa. Algunos, los llamados prebostes, ungían a la gente no sólo en el ombligo y en la frente sino también en la voz, es decir más bien en las cuerdas vocales, en la garganta, sobre tal parte. No crea que miento, señor —insistía el jardinero con su voz monótona y sin altibajos—. Ahora ya no me serviría de nada mentir, porque con mentira o sin ella yo sé que usted va a darme una propina antes de que se marche, y hablar por hablar más vale decir lo que pasó. Lo digo porque en ese campo de Polonia adonde llevaron a David II sucedían muchas cosas y algunas eran poco verosímiles, precisamente las que sucedían con mayor frecuencia. Cosa de los tiempos. Por ejemplo, decidieron los nazis que aquel judío no era David, sino Absalón, su hijo. Y que debía llamarse Absalón I. Pero como estaba condenado a muerte debía morir como tal Absalón I, es decir colgado por los cabellos y atravesado por las jabalinas, según la época. Y resultaba que David II, es decir Absalón I, no tenía pelo bastante para poderlo colgar y entonces decidieron colgar a su mujer por el cabello mientras decidían. Así se hizo, pero la pobre mujer estaba enferma, como habría estado cualquiera otra en su caso, y decía a gritos: "Mi cuerpo me duele y no me sirve ya. Entonces el alma quiere escaparse porque sufre en un cuerpo deteriorado y roto por los años y la zozobra." Eso decía la pobre. El rey David II o Absalón I se puso a gritar también: "¡Dejadme que la mire así, de cerca!" Pero no le dejaban acercarse. La reina estaba colgada por los cabellos y según me dijeron llevaba un pie desnudo y el otro mal calzado con una especie de zapatilla podrida y remendada con pedazos de alfombra entrecosidos.» Yo le preguntaba por la paloma blanca y el jardinero del Führer me decía: «Unos dicen que era paloma y otros buitre, uno de esos buitres de Dios que vuelan por los cielos entreabiertos en tiempos de guerra. David II preguntaba a su mujer: "¿Dónde me esperarás, querida? ¿Dónde vas a esperarme, amor mío?" Y ella respondía: "En la mansión de oro." Entretanto, y hablando de esas cosas, Goebbels —que paz haya en el otro mundo— solía decir: "Hay en el mal una pureza que la gente de bien no puede imaginar siquiera. Sólo la entiende una pequeña minoría selecta." Eso decía. Y creo que era lo que estaba sucediendo aquella mañana en el campo de concentración. No crea usted que las cosas son tan fáciles de explicar ni de comprender.» Eso me decía el pobre diablo jardinero de Berchtesgaden calculando al mismo tiempo la cuantía de la propina que íbamos a darle cuando nos marcháramos. Porque todos los soldados le dábamos propina y sólo lo hacíamos allí, lo que no deja de tener gracia. El haber sido jardinero del idiota enloquecido Hitler le daba alguna clase de prestigio al pobre diablo. Además, sabía impresionarnos y conmovernos, a cada cual según su condición. Debía de ser alguien a su manera para haber sido elegido criado de Hitler y participar en su atmósfera familiar siquiera como un criado de tercera clase. Que los criados de tercera clase de esa gente como Hitler y Stalin suelen ser policías de primer orden, disimulados. En todo caso, no era tonto. Nos dijo que se llamaba Otto y parece que era verdad, porque lo habían investigado los policías militares. Otto (con dos t), un nombre inocente como Fritz, con los que se hacen tantos chistes y cuentos en todas partes. Otto refería que Goebbels, hablando de aquella pureza del mal, solía decir refiriéndose al demonio que solía acompañar a Wotan: «Ese alto Satán enaltece mi sangre teutona.» Hablaba raro aquel Otto de Berchtesgaden. Enaltecer la sangre. ¿Qué quería decir con eso? Por entonces todos los civiles germanos eran belicosos, digo en tiempos del rey David II, y cada uno quería su guerra privada contra esto y lo otro, contra judíos y liberales. Los nazis del campo de concentración no decían el nombre de David ni el de Absalón, sino que los masticaban. Y el aire estaba lleno de manos tendidas hacia arriba. Sobre ellas, en lo alto, había barcos fenicios navegando en el azul como cigüeñas y había formas raras que se desprendían de nuestra realidad. Otto decía: «No ahorcaron colgado a David, sino que después de varios intentos, de-

150

liberadamente frustrados, llegaron emisarios nuevos con otros pergaminos y un estuche de cuero en el que había nada menos que el famoso collar de la orden del Toisón de Oro, la más alta condecoración que se podía imaginar. Y leyeron el pergamino y sentaron a David otra vez en su trono. A todo esto la esposa estaba agitándose colgada por los cabellos, como Absalón, y de las heridas que le hicieron con las jabalinas salía la sangre a chorros. Parece mentira que un cuerpo humano desnutrido y débil tenga tanta sangre. Y como digo, sentaron a David en el trono otra vez. Tenía la garganta medio despellejada y tumefacta por el lazo de la horca y entre dos policías nazis le pusieron el collar del Toisón de Oro, situándose los dos detrás del trono, y apretándole poco a poco la nuca. Eran dos oficiales nazis y el uno le decía al otro: "No aprietes tanto, que lo vas a estrangular." Y el otro respondía: "Tienes razón", y le pedía perdón a David. Pero volvían a colocarle el collar y se repetía la misma situación. David decía medias palabras, sintiendo su garganta apretada: "El señor oficial lo ha dicho, me aprieta usted demasiado." Y entonces aflojaban un poco y se disculpaban. Y queriendo abrochar el collar discutían los oficiales entre sí, de manera que David murió con el convencimiento de que lo ahorcaban por error y tratando de hacer todo lo contrario, es decir de darle la más alta distinción de las cortes europeas. Antes habían enlazado las manos del rey a los brazos del sillón, de modo que no pudiera defenderse. Aquel acto era, sin embargo, una escuela de subversión para un futuro próximo en el que las víctimas iban a resucitar llenas de una autoridad que entonces era difícil de discernir, pero nada se pierde en la naturaleza secreta de la realidad. En el campo de concentración los ámbitos de las barracas habían quedado vacíos y los gañanes de las alquerías próximas al campo de concentración se acercaban y miraban desde lejos. Eran como lagartos pardos, es decir del color de la camisa nazi, y no acababan de creer lo que veían desde las colinas con catalejos antiguos de aquellos que usaban los navegantes piratas tuertos. El caso es que David II creyó que moría por equivocación y a pesar de los buenos deseos de aquellos oficiales que querían de veras honrarlo. Eso fue lo que nos contó Otto en Berchtesgaden, el retiro montañés del Führer. Recuerdo que el jardinero nos ofreció una

152

bebida blanca que llamaba «leche de la luna maragata». Yo no quise beber por si acaso. Tal vez se había bañado en aquella leche la amante del Führer, porque las mujeres de los déspotas suelen bañarse en leche para conservar el cutis juvenil, y ya es sabido que a veces la que se baña —o el que se baña si es hombre— son un poco despreocupados o digamos francamente cochinos y se orinan en el baño descuidadamente. En todo caso, yo no bebí y le hice una seña al amigo para que no bebiera tampoco. Luego Otto de Berchtesgaden, que cultivaba la propina, nos ofreció una copa de vino rojo, tan rojo que parecía sangre, y con el cristal en vilo nos decía: *Prosit.* Y bebía él un poco, para animarnos. Entonces mi amigo pidió otra copa y probó un poco y dijo que aquel vino sabía a carreterías labradas y al cuero de los verdugos nobles (de esos que ejecutan por equivocación con el toisón de oro). Aquello me pareció raro en mi amigo, y es que todo era entonces un poco inverosímil en aquel lugar, como usted puede suponer. Pero la cabaña sublunar —así la llamaba el Führer con una falta de gracia típica de esa clase de idiotas redimidos a medias por la locura— tenía rincones soberbios. Parece que el Führer había sido un gran solitario en su juventud, sobre todo inmediatamente después de la primera guerra mundial, y esos solitarios suelen gozar sus horas de ostracismo en rincones con lucernarios de colores y frigoríficos donde guardan el agua de azahar. Allí sueñan con ejecuciones originales y nuevas y ríen en varios tonos hasta encontrar el que les parece más adecuado. ¡Cómo ríen! Claro, ahorcar a un pobre hombre paranoico con el toisón de oro, por orden de otro paranoico, es una estupidez muy de acuerdo con la rareza de las costumbres de este tiempo en que vivimos, con las moiras cercanas y vigilantes. ¿No las ve? Recuerdo que aquel día que subimos al retiro montañés del Führer, cuando lo habíamos visto ya todo e íbamos a bajar en el ascensor que había dentro de la roca montañosa, comenzó a llover furiosamente. Otto miraba la lluvia y decía: «Es como un telar con hilos azules, grises, rojos y pardos y es importante para las panaderías del año próximo», y aclaraba que la lluvia llegaba a tiempo a los campos de trigo. Tuvimos que quedarnos toda la noche en Berchtesgaden y fue una noche memorable de veras. En todos los cuartos había pequeñas águilas de mármol, muy bien talladas, unas de un color y otras de otro, que combinaban bien con los muebles. Había dos o tres signos zodiacales, entre ellos uno de Sagitario, muy estilizado. Parece que el Führer creía en aquellas cosas, porque tenía un brujo que le aconsejaba y que por cierto le profetizó el desastre final. Pero esto último, según Otto, no quería creerlo Hitler. Tan milagrosa y excepcional le parecía su suerte saltando de cabo de infantería a emperador de Europa, que esperaba que el destino seguiría ayudándolo. Creía que al encontrarse el ejército aliado con los rusos combatirían entre sí como enemigos naturales, y los aliados se pondrían de acuerdo con los nazis para exterminar a los de Stalin. Hace falta ser idiota para creer una cosa como ésa, ¿verdad? Porque eso de destripar al prójimo es cuestión de costumbre y cuando diez millones de rojos deciden sacarles el hígado a diez millones de pardos en nombre del viejo que se ríe en í y que asesina a su hembra y al hermano de su hembra y a quince mil oficiales polacos y a ocho millones de ucranianos, es la suya una decisión que necesita tiempo para ser cancelada. Y lo mismo pasaba con el Führer. No se cambia una costumbre de esas en veinticuatro horas, ¿verdad? Y el Führer se equivocó. (*Hablando así, Mitchell miraba un lugar vago e impreciso del espacio, absorto en sus recuerdos, y Jack veía jugar en el césped a un niño de corta edad que apenas si podía mantenerse en pie y quería pegar con un palo a las palomas. Algunas de éstas, viéndose amenazadas, se iban a la mesa de las moiras y desde allí se volvían a mirar al niño, extrañadas. El celador miraba a Jack fijamente como si quisiera hipnotizarlo y Jack aguantaba las ganas de reír y seguía escuchando a Mitchell, quien decía):* Así nosotros estábamos en Berchtesgaden en lo alto de los Alpes, sobre la aldea de Oversalzberg y la risa del Führer otorgador de toisones de oro lo llenaba todo bajo el clamor incesante de la lluvia. Otto imitaba la risa de Hitler porque los criados gustan de imitar a sus amos difuntos. Pasamos la noche en Berchtesgaden, yo en la cama del Führer y mi amigo yanqui en la de su coima. Dormimos como troncos. Lo malo es que mi amigo roncaba como suelen roncar los tejanos, de manera que la vibración hacía temblar los cristales del cuarto. El refugio alpino estaba un poco deteriorado, porque habían disparado contra él algunos morterazos los primeros soldados que subieron a cuatro manos, recelando del ascensor. Prudencia, hermano. Uno es un buen muriente cuando va a la guerra, es natural. A eso le enseñan a uno además de que ya nace predestinado. Pero el aprendizaje es difícil y aunque a mí siempre me habían dicho desde niño que yo moriría lejos y yo preguntaba ¿lejos de dónde? y no sabían explicarme más, la verdad es que había que ser prudente y no tenía el menor interés en que se cumpliera la profecía, ni lejos ni cerca. Los otros pensaban lo mismo. Algunos jefes, y sobre todo el general de la división, tenían el maxilar encanecido y a esos no les importa gran cosa la vida, pero yo estaba entonces con el sexo recién estrenado, por decirlo así, y había descubierto que la vida tiene rincones dulces en los que una mujer aguarda, y no tenía muchas ganas de acabar. En todo caso la guerra había terminado en Europa y yo le decía a Otto el día siguiente delante de un retrato de Hitler: ¿Éste era el tío que daba condecoraciones y levantaba horcas y se hacía lámparas con la piel de los sionistas? Otto comenzaba a reír como su jefe, y cuanto más reía más se parecía a él, a quien sin duda seguía imitando. Lástima que no tuviera pelo ni bigote chaplinesco, porque se le habría parecido bastante. Los esclavos llegan a parecerse a sus amos. Las mujeres a sus maridos —o al revés— y los caballos a sus jinetes. Bueno, éstos en el carácter, se entiende. Aquella noche, mientras yo dormía en la cama del Führer, sentía las cosas más raras. Por ejemplo, notaba telarañas en la cara y despertaba haciendo, sin darme cuenta, el ademán de borrarme los perfiles, como suele hacer la gente cuando, yendo por un parque, siente esos hilos de araña que a veces hay entre un árbol y el árbol vecino. Me borraba los perfiles. Luego, ya despierto, pensaba: ¿Qué araña puede ser esa que espera que me duerma para hacer su tela entre mi nariz y mi oreja? ¿No le parece? Por ejemplo, desperté otra vez y me sentía a mí mismo (del todo despierto) caminando por el fondo de la piscina (porque había una en Berchtesgaden) como si tal cosa, y una voz decía: «Eso de matar tanta gente sin cadalso verdadero y sin edictos públicos, ni ejemplares sentencias, no se había hecho nunca ni siquiera en los tiempos del antropopiteco. Alrededor de la piscina había niños de celuloide a quienes les dolían los dientes. «Éstos son —decía el Führer en una cinta magnetofónica que hacía funcionar el jardinero— los hijos de las viejas trasvirgadas.» No desvirgadas, sino trasvirgadas. Uno podía imaginar de qué se trataba, pero la expresión carecía de lógica. ¿No le parece? Yo sólo quería dormir, pero siempre despertaba para ver cosas que nunca había visto y oír palabras sin sentido aparente. A mi amigo, en la otra cama, le sucedía lo mismo, pero yo creo que era en sueños. Así como yo despertaba para ver y oír cosas estupendas, él debía de verlas u oírlas en sueños. Una voz le decía, según me contó después: «Hay que destruir los mundos para poder entenderlos poco a poco. ¿No ves lo que hacen los niños con las muñecas? Las rompen para ver lo que tienen dentro.» Esta manera de hablar correspondía mejor a Eva Braun que a un hombre. Mi amigo despertó asustado, por la mañana, gritando: «¡He perdido los ojos!» Eso era también una cosa rara. Perder los ojos. ¿Cuándo se ha visto cosa igual? Y era quizá por la alusión a las muñecas. Porque una de las cosas que quieren saber los chicos es por qué abren y cierran los ojos las muñecas. Por eso a veces las rompen. Otra cosa que no olvidaré fácilmente es que en el cuarto de al lado había centenares de pasaportes por

159

el suelo, cada uno con su foto y sus sellos, preparados por Himmler para escapar, pero es lo que yo digo: ¿Puede darse uno a sí mismo un pasaporte para salir de su país e ir a otro? Dándoles con el pie a aquellos pasaportes, el jardinero dijo: Todos éstos se han suicidado. Es natural. ¿Podía el Führer darse un pasaporte, como no fuera el que se dio, y le dio a su mujer y se dieron Goebbels y Himmler mismo y tantos otros? Se mataron. Bueno, usted sabe. Todos somos *amateurs* en la vida pero profesionales en la muerte, ¿verdad? Es decir que vivimos como *amateurs* y morimos como verdaderos profesionales expertos. Y eso es lo que les pasó a todos ellos, incluida Eva Braun, que tenía piernas de caucho como la querida de Mussolini, aunque las de ésta cubiertas con la falda prendida con un imperdible entre las rodillas cuando la colgaron por los pies en un mercado público después de ser fusilada por los milicianos de la brigada Garibaldi, que peleó en España. ¿Recuerda? ¡Qué tiempos aquellos! Parece que era ayer y sin embargo ya ve. Aquí estamos casi caducos, aunque de buen ver todavía. Mire usted cómo las moiras nos miran a veces de frente y a veces de reojo. Todavía en buen uso, es lo que digo. No gozamos todavía de nuestras miserias que es la señal de la gente caduca. Las moiras no distinguen de edades, es verdad, pero en Berchtesgaden sabían muy bien la edad de aquel tío del bigote chaplinesco que ahorcaba con el toisón de oro. La gente a quien más odiaba el Führer no era, sin embargo, la gente judía, sino los duques y los amigos del hijo —o nieto— del Kaiser. Los llamaba los «fementidos duques perjuros», como en la Edad Media. Fementidos. Porque aquella gente era medievalmente futurista o algo así. (*Mientras oía a Mitchell estaba mirando Jack un árbol que parecía un ciprés, pero no lo era, y pensaba que allí dentro vivían docenas de gorriones primaverales.*) Todo había cambiado alrededor del *bunker* alpino cuando salimos de él. Algunos árboles se hacían transparentes, y en sus ramas gorjeaban pajarillos mecánicos de hojalata pintada. El jardinero nos ofreció dos yeguas para pasear por los alrededores, pero cuando las íbamos a montar se encabritaban, y todo fue inútil. El jardinero nos decía: «Es que esas yeguas las usaba el Führer para celebrar públicamente los aniversarios.» Mentira. Yo le dije que era mentira y que nadie había visto nunca al Führer montando un caballo o

una yegua. Es que como he dicho repetida-
mente tenía un solo testículo y se le entram-
pillaba en el cruce del pantalón. No podía.
Era, además, un tipo de bicicleta o de tanque,
pero no de caballo ni de yegua. Por entonces,
como usted sabe, los sentimientos de humanidad se habían refugiado entre los tontos y
los paralíticos. Mucho temo que vuelva a suceder lo mismo bajo otras banderas, porque
al hombre, como usted sabe, le gusta la violencia y a los que no matan los llaman maricas. Puede volver otra vez todo eso y sólo
se salvarán los viejos, que a todo el mundo le
dicen que sí y que dormitan al sol en las aldeas sin dejar de trenzar con las manos; de
tal modo están acostumbrados a las faenas
humildes y a no perder la más pequeña brizna
del tiempo ni del esparto. Nada me extrañaría
que vinieran esos tiempos otra vez. Por entonces, cuando bajábamos de Berchtesgaden, mi
amigo me decía: tengo ganas de ir a esas
playas donde el sol del sur se enfría por la
tarde y hay arlequines haciendo aire con abanicos a las sirenas que toman baños de luz.
Por eso los alemanes no harán nunca nada de
veras humanitario, porque no tienen playas
en el Mediterráneo. Ya abajo montamos en

nuestro *jeep* y salimos para Berlín otra vez. En un cruce de caminos encontré a mi amigo ruso que estaba esperando que el capitán y el comisario le dieran permiso para orinar y cuando lo consiguió y vació su vejiga me dijo que no era que les faltara libertad en su país para orinar cuando tenían necesidad (suponiendo que fuera una necesidad verdadera), sino que lo hacían para demostrar que estaban disciplinados a la manera marxista-leninista-stalinista, y por otra parte algunas vejigas eran objeto de experimentación que usaban los urólogos para cierto descubrimiento del que no podía hablar porque era un secreto de guerra. La verdad es que más tarde ese experimento salió bien y si los alemanes iban por la Edad Media a una especie de futurismo, los rusos iban por una especie de futurismo a una nueva Edad Media. La cosa tiene cierta complicación, pero entonces estaba clara para hombres como Lísenko, el sabio atrasado mental favorito del Uro. En fin, otra vez en Berlín mi amigo ruso (que después de orinar tuvo también permiso para venir con nosotros), estuvo contándonos que la noche que el cuñado del Uro se pegó un tiro en el retrete, era aniversario de Engels, que murió en 1895, y esa coincidencia hizo el hecho menos sensacional. Por otra parte, según aquel ruso —que ignoraba que yo lo era también—, el cuñado era agente de información al servicio del gobierno insular de Madagascar en el este africano. La gente aquellos días en Berlín tenía ya un odio sin motivo (habíamos suprimido a los verdaderos culpables), ese odio sin motivo que tienen los malos poetas, es decir en el que se refugiaban entonces los malos poetas, para hacerse conspicuos. Porque los malos poetas son putrefactos y conspicuos y entonces se sienten más a gusto en la vida. Me refiero a los putrefactos de la lira, favoritos de las academias, ¿verdad? ¿O es que a usted no le interesa esa gente? *(Jack se extrañaba de opiniones como aquélla, más de escritor que de guerrero veterano profesional, mientras que las moiras, en la mesa próxima, acercaban sus cabezas para transmitirse alguna confidencia mientras miraban al celador y Mitchell seguía):* El ruso nos decía que no había dios o si lo había estaba diabético y a fuerza de insulina no se daba cuenta exacta de lo que pasaba en el mundo. Yo le preguntaba por qué había llegado a aquella conclusión y él me decía: vea lo que pasa: el Uro es el jefe del proletariado universal, pero nadie le hace caso fuera de Rusia. Yo, Mitchell, le respondí: el Uro está loco como una cabra silvestre y el Führer estaba loco también —por idiotismo trascendido— como una bandurria destemplada. Los dos con manías de grandeza, cada uno enviando doce millones de hombres a sacar las tripas a otros doce millones, y esos veinticuatro millones eran gente honrada a su manera, inteligente y sana. Y los unos obedeciendo a un paranoico esquizoide y los otros a un esquizoide paranoico durante años y años, y todos muertos de miedo con sus bayonetas y teléfonos y partes de guerra y sus crematorios y sus tripas abiertas al lado de los caminos sin parar de llorar y sin comenzar a comprender. Entretanto, ¡viva la patria! ¿Qué patria? Ya digo que el verdadero profesionalismo del morir es en las guerras donde se advierte mejor. Las moiras, ésas de la otra mesa que nos miran de reojo y juntan sus hocicos para comadrear, lo saben, y por eso buscan a los guerreros más que a los pacifistas, quienes son *amateurs* de la vida nada más. A las moiras les gustan los profesionales en algo. En Berlín fue donde conseguí una oportunidad para pasarme al lado de ustedes

165

y aunque creo habérselo dicho en líneas generales lo repetiré con toda exactitud. Usted no va a creer lo que le digo, pero antes le hablé a un soldado americano, como usted sabe, de los crímenes de Stalin y así obligarme a mí mismo a desertar. Bueno, para un ruso irse con los aliados de los rusos no era desertar. Eso debe de tener otro nombre. Digamos transferencia condicionada, que suena bien, ¿eh? Suena científico. Ustedes nos salvaban y yo me iba con ustedes, eso es. Todo aquello que yo veía alrededor me daba risa, la verdad. Digo el Uro, el Führer y los millones de gente destripada. Me daba risa como a los esquimales. Esto de los esquimales lo digo porque yo como le dije aprendí inglés en el ártico y lo perfeccioné con los misioneros canadienses que tenían allá sus escuelas. Yo andaba vagabundeando en busca de pieles de zorro gris, que era mi negocio. Estaba un poco al margen de la ley, ¿usted sabe? En Rusia todo el mundo querría estarlo y envidia al que lo consigue. Pero sólo están al margen de la ley en su conciencia y en su mente, y cada cual disimula y tira del carro como los mulos bajo el látigo. Otros países hay que se llaman socialistas donde eso no sucede, por

ejemplo: Yugoslavia. E incluso Polonia, donde
la gente respira aún como nosotros a pesar
de la famosa trinchera de los quince mil oficiales. Bueno, volviendo a lo mío, yo tenía un
amigo escultor que fue a las fronteras del
ártico a poner una estatua de bronce del Uro,
una estatua de quince metros, no vaya usted
a creer. En la frontera. Con aquello se marca-
ba no sé qué meridiano y se indicaba que allí
comenzaba la gloriosa patria soviética. Mi
amigo, el escultor, fue allí con algunos obreros auxiliares. Llevaban la escultura en cuatro
pedazos y en cuatro camiones-orugas para en-
samblarla en el lugar señalado, que era una
colina no muy alta. Llevaban también una brújula para señalar el emplazamiento según las
órdenes de Lísenko aprobadas por el Uro. Pero
en el ártico la brújula se volvía loca y fun-
cionaba mal. Total, que la localización del
lugar era difícil. Había otro problema: el pai-
saje en el ártico tiene dos aspectos, el natural y permanente y el que podríamos llamar
meteorológico, usted comprende. Y el escultor, que era hombre de muchos pelos, y el
jefe de la pequeña brigada de obreros, que era
hombre de cabeza afeitada, preguntaron a los
esquimales. Estos decían a todo que sí. Son-

reían y decían que sí. ¿Qué más les daba? El esquimal, como el chino, sonríen y afirman, y no hay quien los saque de eso a no ser que se les hagan preguntas profundamente personales. El escultor preguntó si aquella colina era tierra firme o sólo hielo flotante, y los esquimales le dijeron que era tierra firme. No mentían, porque, firme o no, allí la habían conocido siempre en invierno y en verano. No mentían. Tampoco decían la verdad. Decían lo que sabían y nadie podía pedirles más. La verdad es que los esquimales pescadores y los pescadores rusos se entendían bien sin haber leído a Marx y que el pueblo esquimal y el ruso carecían de conflictos de fronteras. Como no tenían diplomáticos, no tenían problemas. Siempre es una ventaja la falta de relaciones de ese tipo. En fin, pusieron la estatua del Uro y había que verla destacar sobre el hielo. En lo peor del invierno, y en la noche larga del ártico, cubierta de nieve, parecía un fantasma, y algunos esquimales no se atrevían a acercarse, por si acaso. Pero un verano demasiado caliente derritió la base de la colina, que no era natural sino meteorológica, y allí habría visto usted al Uro navegar en un iceberg ladeado, moviéndose como un péndulo, Báltico abajo. Ese iceberg debía de ser tremendo, porque se mantuvo en el Báltico todo el verano, sin deterioro ni disminución sensible, con la estatua del Uro hundida a medias, a veces enderezada según las corrientes submarinas, y al llegar el invierno pasó el canal de la Mancha y siguió Atlántico abajo como si tal cosa, frente a las costas de Europa. Debía de ir muy de prisa, porque al cruzar el Ecuador era aún invierno en el otro lado del globo. Los periódicos hacían comentarios siempre humorísticos y adecuados a la sicología de cada país. Los finlandeses decían (precavidos) que era una lástima que se perdiera tanto metal en una estatua, aunque no dudaban de que el Uro la merecía, pero que habrían preferido verla pasar enhiesta y no vencida por el lado norte. Los alemanes, que el Uro navegaba mejor que los barcos del zar, que tantas palizas habían llevado en la primera guerra mundial, pero que dudaban que su presencia ejerciera presión sobre las costumbres de las naciones entre las cuales pasaba. Los ingleses se limitaron a señalar la velocidad media de las corrientes y el volumen aproximado del iceberg indicando su profundidad bajo las aguas, como advertencia para los barcos transatlánticos y añadiendo que era lástima que no pusiera alguien una linterna en lo alto para advertir a los navegantes nocturnos del peligro de un choque. Las demás naciones del continente se divirtieron a su manera, y en fin el Uro, unas veces cabeza abajo y otras cabeza arriba, llegó a las islas Malvinas, las rebasó y fue al antártico pasando por un fiordo bordeado de pingüinos, esos animales graciosos reunidos en perpetua asamblea. Los pingüinos son los animales de más instinto político del mundo, siempre en asamblea y siempre hablando. Hablando todos a un tiempo, cada cual con su teoría de masas. Unos hacen *joao, joao, joao,* y parece que son los conservadores, y otros *jiau, jiau, jiau,* y son los progresistas, en fin cada uno con su estilo y con su acento y siempre de frac porque habiendo hecho su revolución democrática a su manera, parece que todos quieren ser jefes de partido y ministros, y van vestidos de gala. Torpes en la tierra y ágiles en el agua, se tragan cada pez que ni usted ni yo podríamos digerirlo en dos meses. Pero ellos también necesitan proteínas, como cada cual. Y allí se quedó el Uro, cabeza abajo en invierno, y medio flotante en verano, con los pingüinos haciendo el amor sobre su pensativa frente de genio universal transformador de la naturaleza. Y allí sigue, al parecer, con la cabeza sumergida, lo que según decían algunos siquiatras rusos de la Academia de Ciencias, daba al Uro por mimetismo y sugestión tremendas jaquecas. Pero el Uro no se resignaba y las jaquecas le duraron sólo hasta que consiguió arrestar y hacer matar a todos los que intervinieron en la colocación de la estatua. Cuando iban a hacer lo mismo con el escultor mi amigo (aunque él no había intervenido en la parte que podríamos llamar técnica del emplazamiento) la Asociación de Artistas influyó pidiendo clemencia y me envió a mí un correo especial (bueno, no a mí sino a un funcionario de Múrmansk) pidiendo que hiciese lo que pudiera para salvarlo. Se trataba de conseguir que los esquimales declararan y firmaran con las huellas digitales o con sus nombres (porque algunos saben escribir y hablan incluso inglés, aprendido con los maestros misioneros cristianos) una declaración diciendo que en el tiempo que recordaban ellos y sus padres aquella colina de hielo había estado allí siempre y que no había razón alguna para pensar que fuera movediza ni flotante. Una declaración como ésa habría salvado (pensaba yo) al escultor, aunque como puede usted imaginar no lo salvó nadie y recibió al final, como cada cual, su tiro en la nuca. Pero no olvidaré nunca aquellos días en que yo hacía gestiones para conseguir la declaración en favor del melenudo escultor, que había bebido algunos vasos de vodka conmigo y que, viejo y todo, bailaba en cuclillas, estirando una pata y luego la otra, como un muchacho. Nosotros, los rusos, cuando sobrevivimos a los diez años de edad somos casi inmortales. La selección allí ha sido durísima, ¿comprende? Aunque es difícil de entender para alguien que no ha nacido allí. Los rusos, a lo largo de los siglos y los milenios, con piojos, epidemias, reyes despóticos, revoluciones, años enteros de hambre y milenios de esclavitud, han llegado a hacerse casi invulnerables en materia de dificultades y peligros físicos. Y como toda la gente sana físicamente, y son generosos y simpáticos. O falsos y autosugestionados con la mentira. En todo caso, llegar a los quince años en Rusia es casi un certificado de salud que le garantiza a cada cual que llegará a los cien años de edad si no se interfiere un Uro de esos que la historia produce cada año bisiesto. Pero

172

volvamos a lo nuestro. Yo tenía una cita con un esquimal que era el jefe de la tribu de aquellas latitudes. Esa jefatura no representa entre ellos privilegio alguno. Sólo la obligación de decidir en materia de justicia, pero como no hay propiedad privada ni problemas pasionales, no hay crímenes, así que los jefes no tienen nada que hacer realmente. Hasta hace algunos años los esquimales no tenían miedo a la muerte. Nacían, vivían, hacían el amor y morían, por decirlo así, sin dejar de sonreír. Un día los misioneros protestantes del Canadá les hablaron del infierno, y entonces comenzaron a temer la muerte, pero cuando vieron que esos misioneros que predicaban la bondad y la caridad vendían las medicinas y los alimentos que recibían gratis, para ayudar a los esquimales, a cambio de pieles de zorro y de oso polar, perdieron la fe, y decidieron que en todo lo demás los misioneros mentían también. Así que han vuelto a perder su miedo a la muerte. Esos misioneros, aunque seguramente había alguno buena persona, eran más bien ejemplos miserables de codicia. Tú me traes armiños y yo te daré la bendición. Me traes zorros blancos y te enviaré al cielo cuando mueras. Pero el esquino no es tonto. Las coge en el aire. Y al ver como se conducía el misionero pensó: eso del cielo y del infierno es un truco para robarnos el fruto de nuestro trabajo. En la vida el humilde y puro tiene que pagar, y el esquimal es humilde y puro. Yo esperaba a Raksmu, mi amigo, cerca de un enorme lago cuyas orillas cambiaban según la época del año, y llegó con más de una hora de retraso. Llegaba, eso sí, con su piragua llena de pieles, como siempre. La hizo varar en la arena de la pequeña playa y vino a mi encuentro. Nos sentamos en el suelo y comenzamos a hablar. Yo le expuse mi problema, es decir el problema del escultor, y Raksmu parecía tardar en comprenderlo, en darse cuenta de su importancia. Por fin, cuando le dije que todos los obreros que habían intervenido en la instalación de la estatua del Uro habían muerto a manos de la policía, me preguntó Raksmu sin relacionar una cosa con la otra: «¿Por qué?» «Porque el mar se llevó la estatua con la colina de hielo flotante.» Entonces Raksmu se echó a reír a carcajadas. «¿Y qué tiene que ver lo uno con lo otro?», preguntaba. Luego decía que el precio de las pieles que traía era cuatro veces una mano abierta, es decir cuarenta dólares. Yo le decía: Tres manos. Él respondía, riendo: «No, cuatro manos. Tú estar como los misioneros de Canadá. Cuatro manos.» Añadió que aquel día había llegado tarde a la cita porque se entretuvo *riendo* con su mujer, es decir haciendo el amor (ellos dicen *riendo*) y que me prometía ser más puntual la vez próxima. Yo volvía a decirle que si no firmaban todos los esquimales aquella declaración en relación con la colina de hielo diciendo que desde dos generaciones atrás la colina había estado allí y que nadie podía imaginar que no fuera tierra firme, el escultor, también amigo suyo, sería sacrificado por la policía, Raksmu decía sonriendo: «No comprendo.» Entonces yo le explicaba que se trataba de una cuestión de prestigio personal del jefe de Estado y Raksmu seguía sin entender. Y me dijo: «Muchas cosas no comprender esquimal. En la escuela de los misioneros enseñar a nuestros hijos historia del mundo. Yo tener cinco niños. Y el misionero venir a casa y pedirme por favor que los niños no se rían tanto en la escuela, porque cuando habla de la historia de hombres blancos como tú y dice que hubo una guerra con un millón de muertos, todos ríen. Niños no comprender. Padres, como yo, tampoco. Pensamos que estar broma y no verdad. Los chicos míos ya saben lo que es un millón. Saben contar: diez, cien mil, un millón. Para ti un millón es una colina de dinero canadiense. Dólares y dólares y dólares. Para nuestros chicos un millón es ahora toda la gente de una isla muy grande muerta. Un millón es como mil veces los esquimales, pero acostados ya y sin vida, porque les han quitado el corazón y la cabeza con los cañones: ¡bum, bum, bum! ¿Para qué los matan? Un millón es como mil veces los esquimales, te digo, pero todos sin tripas y vacíos. ¿Para qué los matan? ¿Igual que nosotros matamos a la ballena? ¿Para comer? Los hombres no son para comer. Su carne no debe ser comida por los hombres. Entonces, ¿para qué? Y un millón y otro millón.» Y diciendo estas cosas el esquimal Raksmu reía sin poderlo remediar, una vez más. Yo me ponía nervioso, la verdad, con aquellas risas. Tenía razón. ¿Por qué matar un millón de hombres? Decía Raksmu que cuando hablaba de eso el maestro, toda la clase reía a carcajadas y el maestro se enfadaba y decía: Es la historia. ¿Qué historia? La historia de la humanidad. ¿Qué humanidad? Las naciones. ¿Cómo empiezan a enfadarse las naciones? Yo le decía al esquimal: son los gobiernos que tienen ejércitos de soldados para la guerra. Y el esquimal preguntaba: «¿Cuándo comenzar la matanza?» «No es matanza, sino guerra.» «¿Cuándo comenzar? ¿Quién manda la matanza?» «Los gobiernos. El Uro da la orden, tú no comprendes. O el führer alemán. Son países muy diferente del tuyo. Allí hay civilización. Nosotros fabricamos grandes barcos y grandes aviones. Es la ciencia y la técnica.» Pero él volvía siempre a lo mismo: «¿Para qué? Luego bum, bum, bum y romper el barco y romper el avión. ¿Para qué los hacéis?» «Tenemos grandes ciudades y leyes, y miles de grandes y hermosos edificios en los que viven las personas.» «El profesor dice a los chicos que luego dan órdenes y van y bum, bum, bum, bum, rompen casas y ciudades. ¿Para qué las construyen? ¿Para romperlas?» Yo, la verdad comprendía que Raksmu no podía comprender y me empeñaba así y todo en explicarle lo que yo mismo comenzaba a no explicarme. La cultura moderna —le decía— es diferente de la tuya. Y le decía nuestro mejor argumento: nosotros tenemos una vida más higiénica y por lo tanto más larga que los esquimales. El promedio de la vida de las personas civilizadas es de setenta años ahora. El promedio de los esquimales es de veinticinco. El más viejo muere a los cuarenta y el más viejo hombre blanco muere a los ciento. Hay diferencia, ¿eh? «Diferencia hay —me decía Raksmu—, pero millones matar a jóvenes de veinte y menos años. Bum, bum, bum.» Y reía Raksmu. «Y otros quedan en casa viejos y enfermos, y sufren y no ríen con sus mujeres. ¿Para qué vivir cien años? Esquimal vive treinta, y ríe con la mujer y pesca, y goza la vida con los hijos y nadie lo mata.» «Nosotros —le decía yo— tenemos médicos y hospitales para los viejos y los enfermos.» «Pero también los aviones van y, bum, bum, bum, y romper los hospitales y morir viejos y jóvenes con mucha sangre. No comprender por qué tanto construir barcos y luego bum, bum, al fondo del mar, ciudades quemadas, hospitales rotos.» Y reía echándose atrás y cogiéndose los pies con las manos. Como no temen la muerte le parecía todo aquello igual que a los chicos, divertido y absurdo como un número de circo con payasos. Para ellos la interrupción de la vida es un misterio intere-

178

sante, como el del nacimiento. Unos vienen y otros se van. Entretanto pescan, comen, danzan, *ríen* con sus mujeres, que a veces son bien hermosas, y entre ellos no se conoce el crimen ni el robo. No tienen policía de ninguna clase. Y son más de cincuenta mil en aquel sector. Tampoco son codiciosos, porque un invierno anduve yo con sus trineos y sus traíllas de perros recorriendo el país y haciendo mis pequeños negocios con algunos *trade post* canadienses del interior, y al final de la excursión quise darles dinero a los que me acompañaban y que me habían prestado sus trineos, y me dijeron: «No es necesario. Este año ha sido bueno y tenemos todos bastante comida.» Como lo oye. Yo le digo *(insistía Mitchell como si temiera que Jack se negara a creerlo)* que el recuerdo de aquellos esquimales fue uno de los motivos que me empujaron a desertar, es decir a escapar del ejército rojo y de Rusia. Al fin, los países donde hay democracia se acercan un poco más a las maneras saludables y sobre todo razonables de los esquimales. Ríase usted si quiere y estará en su derecho. No es que este país donde vivimos sea perfecto, pero hay mucho más respeto por la vida humana que en el país del

Uro. En fin, que como creo haberle dicho, al ver que el sargento quería despertar al hombre de al lado sacudiéndolo por los hombros cuando estaba más muerto que mi abuela y llamándolo por equivocación por mi nombre, y al ver que aquel hombre muerto era un yanqui se me ocurrió la idea angelical y divina de cambiar mis papeles con los de él. Yo le pasé mi identidad y recibí la suya, incluso, como creo haber dicho, la medalla de identidad de aluminio. Y pasé a ser este Mitchell que usted está viendo y como tal volví a buscar el regimiento yanqui y allí me presenté como si tal cosa. Un poco se extrañaron algunos, pero como entre los yanquis hay millones de ellos que hablan inglés con acento extranjero (ruso, alemán, francés, judío o árabe, y quién sabe qué otros acentos) nada sucedió. Había habido muchos cambios de destinos y algunos licenciamientos de los amigos del verdadero Mitchell. Además, todos andaban felices y un poco borrachos con la victoria. Lo malo es que aquel Mitchell se había hecho voluntario por dos años más y tuve que ir a Oriente si quería seguir usando su nombre. Y he aquí por donde me tiene usted ahora delante. Con mi esquizofrenia y todo, que no es más que un poco de la razón saludable de los esquimales. ¿Falta de adaptación a la realidad? Es lo que dicen. ¿A qué realidad? ¿Millones destripando a millones por el capricho de dos paranoicos? ¿Cristianos matando a cristianos en el nombre de un mismo Dios o simplemente por tener tales o cuales materias primas, o por prestigio nacional? Esto del prestigio era lo que hacía reír más a los esquimales y sobre todo a los chicos en las escuelas. Como no hay palabra en su idioma para *prestigio*, la dificultad de comprensión era mayor. Tampoco podían entender cómo comenzaban las guerras. Es decir, quién daba la orden de disparar el primer cañonazo y contra quién y qué lugares. Eso les parecía la cosa más cómica del mundo. Yo confieso que a veces acababa por avergonzarme viendo reír a Raksmu. En fin, que le pagué los cuarenta dólares por las pieles y que, aunque dijo que hablaría a los de la tribu para que firmaran aquello de la colina de hielo, como usted puede suponer el Uro mandó que asesinaran al escultor del pelo largo lo mismo que a los otros de la cabeza afeitada. Y a sus familias también, para que no quedara la semilla del resentimiento. Así eran las cosas y así siguen siendo. Bueno, pues cuando oigo reír a las moiras ahí al lado, a veces me acuerdo de la risa de Raksmu porque hay algo también entre misterioso y angelical, pero en el género de lo horrendo, porque la inocencia puede ser amenazadora y hasta yo diría siniestra. Uno necesita pensar que la inocencia y la pureza son siniestras para poder aceptarse a sí mismo con todas sus impurezas, quiero decir sin necesidad de morirse de vergüenza. No es que yo me haya sentido en ese caso extremo de desplacerme de mí mismo, pero sí que he pensado más de una vez en matarme. Y de ahí eso del doctor que me dice: «Prométame que no se suicidará, al menos mientras dure el tratamiento.» Y no me suicido y el doctor cobra. Y aquí me tiene usted a mí, falso ciudadano americano, Mitchell apócrifo, protegido por Uncle Sam.

Escuchaba todo esto el celador cuadrado y fornido, como quien oye llover, convencido sin duda de que Mitchell estaba mostrando sin darse cuenta el lado más obviamente convincente de su esquizofrenia, en lo cual se equivocaba de medio a medio, aunque sería difícil convencerlo, porque las fronteras entre la razón normal y la anormal son demasiado fluidas para gentes como el celador. En todo caso, Jack escuchaba a Mitchell y pensaba que tenía razón y que el hecho de que tuviera razón no mejoraba mucho las cosas en la sociedad en la que vivían.

Tenía Mitchell como se habrá visto una inteligencia clara, pero cuando va acompañada de cierto sentido moral, es decir de una conciencia sensitiva, esa claridad de la inteligencia no sirve para nada, como no sea para torturarse con dudas, preguntas y sentimientos de inadecuación y de culpabilidad. Y seguía hablando:

—Todo hay que considerarlo. En Polonia el mayor problema lo teníamos con las monjas. Por fin las metimos en un corral y había que oírlas plañir y rezar y plañir. Cuando el sol era muy fuerte, en verano, su pubis (supuestamente virginal) se perlaba con gotas de extracto de adormidera, es decir de *papaver somniferum* y la que más y la que menos soñaba con orgías y prostituciones virtuosamente organizadas. En otros cercados poníamos a los curas moruecos, con delantales de cuero, por si acaso querían brincar sobre las vecinas, porque la verdad es que hay ya demasiados malos ejemplos en el mundo y también demasiada gente. Sobre lo de la trinchera de medio kilómetro de larga y veinte metros de ancha fui yo quien la hice con eso que los americanos llaman *bulldozers*; fue obra mía, aunque tengo disculpa porque me amenazaban de muerte por cuatro lados: norte, sur, este y oeste. Y en el signo de Capricornio había una hacha suspendida sobre mi cabeza. ¿Qué iba yo a hacer? Diría usted que podía haberme fingido enfermo, como los chicos que no quieren ir a la escuela, pero eso allí no vale, porque reconocen a uno y le rompen las costillas a palos. Lo de menos sería la muerte, pero rompen las costillas, como le digo, y ése es el dolor más fuerte que el hombre puede soportar, digo, sin desmayarse, lo que en fin de cuentas sería un alivio, y la verdad es que yo soy cobarde como cualquiera. Tan cobarde como usted. Aunque no tanto como el Uro ni el Führer, eso no. El Uro se escondió cuando se acercaban los boches a Moscú y gritaba desde su escondite por la radio: «¡Auxilio, que mi amigo Hitler me ha traicionado! Yo le era fiel y le daba todo lo que quería: víveres, petróleo, municiones, para destruir al pueblo belga y al pueblo francés, pero de pronto me ha traicionado el ingrato.» Y un par de años después el Führer lloraba y mordía las cortinas cuando le dijeron que Berlín estaba al caer. Él y su Eva Braun lloraban detrás del calentador de gas. Cobardes lo éramos todos, pero nadie tanto como aquellos tontilocos que nos enviaban al campo con la consigna pública de sacarnos recíprocamente el hígado a tiros y cuchilladas. Como le decía antes, el Uro mató a su pobre mujer y obligó a suicidarse a su cuñado (los dos judíos, por cierto). Parece que la esquizofrenia-paranoide coincidía con la paranoia-esquizoide en sus fobias. Pero nosotros estábamos allí obedeciendo al uno y al otro. Bueno, al decir nosotros digo los alemanes y los rusos. Pero usted y yo no somos como los demás, ¿eh? Aunque la verdad es que usted, lo mismo que a mí, nos miran las moiras. No lo he dicho todo, sin embargo. No he dicho que otro ruso me contó que la noche que el Uro mató a su mujer estuvo, poco antes de hacerse de día, comiendo cochinillo asado al horno (era su manjar predilecto), y bebiendo buen vino de Crimea. Con sus postres de cerezas frescas que se hacía traer del sur de Crimea en pleno invierno, para no ser menos que Catalina II. Y buen *champagne* francés comprado con divisas extraídas de la plusvalía de los obreros rusos. Todos al servicio del Uro, disimulando su honradez natural y su buena razón, para no ser diferentes. Discrepar es el crimen que no perdonaban ni el Uro ni el Führer, y la discrepancia consistía en no coincidir con su esquizoidal paranoia o viceversa. Así fue la cosa, amigo mío. *(El celador miraba su reloj de pulsera, uno de esos relojes de prestigio con ancho brazalete de oro extensible, y seguía callando. A veces miraba a Jack con recelo y a veces con piedad, como si pensara que estaba de veras medio loco según él mismo había dicho en broma al oír la curiosa confesión de Mitchell cuando se acercó a la mesa y se presentó.)* A veces me pregunto si en este mundo sólo las moiras tienen razón. ¿Usted qué cree? ¿Habría que saber antes qué creen las moiras? Bueno, yo entiendo que habría que traerlas aquí o ir a su lado para hablar con ellas de una vez y ver qué hay que hacer para tratar de entenderse los hombres entre sí.

Se quedaban los dos, Jack y Mitchell mirándose y pensando qué era lo que las moiras podrían decirles. Por fin Mitchell comenzó a decir cosas raras y Jack comprendió que su mente estaba confusa, y entonces Mitchell se puso a explicar con nuevos detalles qué le sucedía con los electrodos. Esto lo hizo con toda congruencia. Mientras hablaba, el celador, con la mano sobre el bolsillo de la camisa, apretaba en un lugar u otro porque por el nivel de cada botón en la plaqueta reconocía los resortes.

—Perdone si me pongo un poco insistente, pero la verdad es que después de la guerra que tanto mal nos hizo, especialmente a los que no queremos ser rusos ni alemanes, yo no debo quejarme. Al principio la cosa fue difícil para mí y también para los médicos. ¡Los médicos! Nada más sospechoso que un siquiatra, señor. Mienten al enfermo, se mienten a sí mismos. Aquí, cuando yo llegué a USA, me puse a trabajar y me ganaba la vida como cada cual, pero modestamente. La verdad es que yo conocía el mercado de pieles, pero aquí eso es cosa difícil de manejar, porque los comerciantes las compran ya elaboradas y hechas, para los clientes ricos. Yo entendía de pieles en bruto, sobre todo de zorros grises, la especialidad del ártico. Bien, tuve que desistir y entrar en el trabajo proletario. No es que lo paguen mal, pero es embrutecedor de veras. Ocho horas haciendo los mismos movimientos con los brazos, en la cadena, acaban por deformarlo a uno. Porque eso repercute en la espina dorsal y de ahí pasa al cerebro y comienza alguna clase de proceso degenerativo. No puede usted imaginar o tal vez sí, porque usted mismo me ha dicho que a veces tiene sus crisis, pero en todo caso me enviaron un día al siquiatra y lo que pasaba era simplemente que me daban en la fábrica un tratamiento inhumano. Me acordaba yo de Múrmansk y del ártico con nostalgia, se lo digo en serio. Con Uro o sin Uro. Y como decía, un día me enviaron al siquiatra. Una vez allí el hijo de la gran cerda, después de algunas elementales pruebas de tensión arterial y cardiograma y todo el repertorio, me preguntó si había tenido alguna experiencia homosexual. Yo lo miré a los ojos con las de Caín y le grité: ¡No! Se lo dije de manera que no le quedara la menor duda. Seguimos hablando y a través de un laberinto de vías tortuosas y de canalizaciones y tanteos me dijo si me había acostado con mi madre. Entonces yo le di dos bofetadas, una por cada lado, porque la primera se la tenía guardada desde que me preguntó lo de las experiencias homosexuales. Dos bofetadas. El hombre anduvo por el estudio como una peonza, si caigo o no caigo, y consiguió sostenerse en pie porque se agarró al lavabo y se quedó algunos momentos en la posición del que va a vomitar en la pila. Recobrado el equilibrio vino a mi lado, un poco más prudente, y me dijo que requería un tratamiento especial de choques eléctricos. Yo le dije que él necesitaba otro tratamiento especial y que había comenzado a dárselo. Estaba dispuesto a continuar mientras lo creyera necesario. Él no se inmutó. Se limpió una gota de saliva en el rincón de la boca, miró el pañuelo a ver si era sangre, se alegró al ver que no, se guardó el pañuelo y me dijo que ya me avisaría cuando llegara el momento de ese tratamiento eléctrico. Yo me fui y él hizo pagar a la fábrica las dos bofetadas poniendo en la cuenta un capítulo nuevo: tratamiento de transferencias negativas, 150 dólares. No era mucho. Si todos los clientes de los siquiatras hicieran lo mismo cuando les preguntan cochinerías, le aseguro que los siquiatras se harían ricos y el mundo andaría mejor. La manía de la irregularidad la tienen ellos cuando se entregan a esos estudios y luego necesitan clientes y a falta de ellos los inventan. Antes cada cual tenía su manía y vivía

con ella, y el ejemplo de su anormalidad hacía
que los vecinos se previnieran y se corrigie-
ran a sí mismos para no caer en la misma
miseria. Y la sociedad salía ganando. Pero
ahora lo envían a uno al siquiatra y éste comienza con preguntas provocativas y puercas,
y luego le da a uno corrientes eléctricas y lo
deja inválido para el resto de su vida. Y co-
bran caro. Tratamientos especiales. Si cada
uno les respondiera como yo, veríamos adónde iban a parar con esos tratamientos especiales. El caso es que a mí me tienen por loco
y me pagan, cuando la verdad es que los locos
son ellos y yo los engaño a todos comenzando
por mi identidad, que es falsa. Y mi situación
es tan privilegiada que, como estoy loco, puedo decir las mayores y las más peligrosas verdades contra mí mismo, porque nunca me
creen. Eso es lo mejor: no me creen. Y a fin
de mes me llega el cheque como si tal cosa y
pagan casi todos mis gastos de mantenimien-
to además. Tengo otras ventajas. Como le dije,
esto de los electrodos nos da ciertos placeres
a veces mayores que los del coito, en serio.
Y todo esto que voy a decirle lo saben ya las
moiras. Ellas creo que lo saben todo, más o
menos. Por ejemplo, una me decía: la culpa

de vuestros males la tenéis los hombres por atreveros a pensar en otras cosas que las que tenéis delante; de las que veis con vuestros ojos, querían decir. Hay que limitarse a pensar en las cosas que requieren una atención inmediata por razones prácticas y que son ineludibles. Hay que dejarse de lejanías brumosas. Eso me decía. Pero ¿cómo dejar de pensar en el Uro y en sus motivaciones cuando yo sabía lo que estaba sucediendo cada día, es decir quince millones de hombres más razonables que el Uro rompiendo el cráneo a otros quince millones más razonables que el Führer? Uno ve lo que piensa y no sólo piensa en lo que ve. ¿Qué remedio? Claro, ellas, las moiras, aunque sólo ven la bandera y el desfile y echan rosas sobre los barbudos y los piojosos soldados, y aunque sólo piensan en lo que ven, saben más que nosotros de muchas cosas, al menos de mí. Bueno, volviendo a los electrodos, no es cosa que se me ocurra a mí ni a un médico tontiloco. Es cosa seria. El biólogo premio Nobel George Beadle dice que «el hombre sabe muchas cosas, pero no bastantes para crear un hombre». Quiere decir un hombre perfecto o al menos tan perfecto como nuestra conciencia moral puede imaginarlo. Sin genes defectuosos o negativos. Como puede suponer, ese hombre piensa en más cosas de las que tiene delante y no sé si será bueno o malo, pero a mí me va bien, por ahora. ¿El hombre perfecto? ¿El que saca mejor de en medio al vecino? Sin embargo, los buenos deseos no cesan en los laboratorios, institutos de tecnología y hospitales de enfermos de todas clases, especialmente mentales. Como usted y yo, bueno, como yo, porque usted es artista y no cuenta. Lo seguro es que han sido descubiertos medios de eliminar el instinto de agresión y se han puesto en práctica con animales grandes como los toros y pequeños como los gatos. Y naturalmente con animales medianos como nosotros los hombres, y usted perdone si mi expresión le parece torpe. *(El celador parecía no escuchar y seguir con los ojos el vuelo de una cometa que en vano querían dos chicos alzar en el aire, pero continuaba con la mano sobre el bolsillo de la camisa.)* Usted ve que tiene el celador la mano pronta para actuar el resorte que suprime la agresividad, pero eso no valdría para las guerras, porque se hacen con máquinas, y un artillero o un aviador o un tanquista no tienen odio contra el de enfrente. En todo caso, por un sistema parecido (usando mecanismos eléctricos o elementos químicos) se están inventando muchas cosas. Lo del instinto de agresión funciona bastante bien con los enfermos esquizofrénicos como yo, hasta el extremo que a los más graves les es permitido vivir fuera de los hospitales largos periodos de tiempo haciendo uso de alguna clase de tranquilizantes sin efectos secundarios, ¿eh? Es lo que dicen que están experimentando ahora conmigo. Pero la verdad es que yo no quiero agredir a nadie, aunque comprendo que confiar en el prójimo es una estupidez y en cierto modo un paso hacia el suicidio. ¿El prójimo? Yo estuve como le dije una noche durmiendo entre un grupo de gente muerta y vi que venía un sargento y sacudía al de al lado creyendo que dormía y quería despertarlo llamándolo por mi nombre. Y estaba bien muerto. Además, lo habían matado los nuestros por equivocación y sin odio alguno. Cosas que pasan en todas las guerras. Pero a los investigadores civiles nunca les basta ninguno de sus logros y siguen pensando en algo más de lo que ven, y se ha llegado a la conclusión de que en biología se pueden obtener toda clase de efectos placenteros. El físico John Taylor dice

193

que, con la ayuda de ciertas drogas, el sexo puede ser tan *divertido* que la gente llegará a abandonar todas las formas de placer e incluso de actividad. Sin daño para la salud, aunque con evidente daño para la sociedad. Otros profetizan (como el escritor Gordon Rattray) que pronto va a ser posible comprar deseo erótico o eliminarlo del todo, según los casos. Un viejo don Juan en el primero, y un joven astronauta, por ejemplo, en el segundo. Con esas cosas se acabará tal vez la humanidad, pero ¿qué falta hace la humanidad? ¿Quiere usted decírmelo? Y menos la sociedad tal como la conocemos, basada en la ley. En todas las leyes. El código es el circo donde se divierten los ricos. Por mí se pueden ir todos al diablo con sus leyes. *(Mientras hablaba, el celador manejaba disimuladamente la plaqueta electrónica y las palabras siguientes venían más de los electrodos que de la cultura científica de Mitchell, que no sería mucha. Jack escuchaba un poco sorprendido.)* Hay también investigadores como James Old, de la universidad McGill de Canadá, que aseguran que hay placeres más deseables que los del amor. Y yo lo he probado una vez y es verdad. Ese profesor usa electrodos para localizar centros especiales de placer en el cerebro (sin daño físico) cuya acción es estimulada mecánicamente por medio de una palanquita fija en la jaula donde tienen los conejos de Indias. Eso me lo han hecho a mí también sin jaula ninguna, pero todavía me gusta más la hembra. Dicen que cuando los animales se dan cuenta prefieren hacer uso de esa palanca para las demás actividades, incluido el comer o copular. Algunos conejitos de Indias llegan a hacer uso de esa palanca ocho mil veces por hora a lo largo de un día entero y sólo cesan cuando se desmayan, por fatiga. También ésos van más allá de lo que ven. Me gustaría que experimentaran con las moiras, a ver qué pasaba. Experimentos de esa clase, según *Time* de Nueva York, llevan a Hermann Kahn, del Hudson Institute, a predecir que en el año 2000 la gente podrá llevar en el bolsillo de la camisa plaquetas de mandos con diez reactores para otros tantos centros cerebrales de placer. Este amigo, a quien usted llama *el celador*, no lleva tantos reactores, pero lleva algunos nuevos, difíciles de explicar, para los legos. Ciertamente que a las moiras no les importan las guerras. El planeta es viejo y tenemos millones de millones de

195

muertos más que de vivos. El planeta y la humanidad son viejos, y los viejos deben morir. Así parecen pensar ellas y entretanto tejen elásticos de siete colores como el arco iris, dan de comer a las palomas y se divierten. El planeta es feo porque es viejo, y la fealdad debe desaparecer. ¿No lo cree? Las mujeres creen que nos han hecho un favor trayéndonos al mundo, aunque sea un mundo viejo, pero es lo que pasa: yo he tenido bastante y cuando vi que aquel sargento llamaba a un muerto por mi nombre, decidí no ser Zagorski sino Mitchell. Y aquí estoy con mi solideo en la coronilla. Mi casquete de electrodos. *(Señalaba su casquete, adaptado al tozuelo.)* No está lejos el día, dicen algunos sabios, en que el hombre en lugar de la TV, hará uso de esta coronilla de estimulantes que le permitirá saborear un programa de sensaciones visuales y auditivas o de otro género, superiores a las que conocemos hoy, y llegar a compartir el estado mental de un gran genio o de un animal inferior. Es mi caso ahora, aunque el genio no lo veo. Por otra parte, el biólogo molecular Leon Kass, de la Academia de Ciencias de USA, imagina un mundo en el cual el hombre buscará sólo sen-

196

saciones artificiales, según sus gustos personales. En ese mundo las artes todas habrán desaparecido. No se escribirán libros. Ni siquiera tendrá el hombre que pensar por sí mismo ni establecer sus normas de conducta, que le serán dictadas por los electrodos. No estará mal, eso, pero ¿qué dirán las moiras, que no quieren pensar sino en lo que tienen delante? Y ahí está el quid. A todo eso llegaríamos pronto con moléculas y electrodos, y también a la depuración completa de los genes, digo a fuerza de usar estas coronillas que influirán en ellos y los cambiarán y mejorarán. *(Al llegar aquí se oyó una carcajada a coro en la mesa de las moiras. Era la primera vez que reían de aquella manera, todas juntas y mirando sin disimulo alguno a la mesa donde estaba Mitchell, Jack y el celador. Pero no era una risa maligna, sino inocente. Jack habría dado algo por saber cuál había sido la causa de aquella carcajada cuando vio que en la dirección contraria habían chocado dos bicicletas montadas por jóvenes quinceañeros, que rodaron por la hierba. Repuestos de la humorística impresión, Mitchell seguía):* Hay en las universidades viejos barbones que tienen opiniones contrarias, como suele suceder. Los electrodos pueden actuar sobre los genes, pero la destrucción de los genes defectuosos para mejorar la especie, no es segura. El especialista en genes de Stanford University Dr. Seynour Kessler, dice: «Me parece inadecuado y peligroso manipular con los genes para cambiar (mejorar) la conciencia moral y el ambiente social. Porque lo mismo que el ambiente es influido por el hombre, el hombre es influido por el ambiente, y para que esos estados de armonía estable sean posibles es necesario mantener cierta flexibilidad. Entre lo malo y lo bueno, se entiende. Ahora dígame usted, si puede, qué es lo bueno y lo malo. ¿La pobreza, la riqueza, la artillería o la bomba de cobalto? El profesor del Instituto de Genética de la Universidad de Colorado, Gerald McClearn, está de acuerdo y añade que un gene que es considerado defectuoso y nocivo puede ser necesario para sobrevivir el hombre en un caso de cambio radical del ambiente. «Es absurdo —dice— eliminar la variedad y la variabilidad genética.» Según él, y según hemos podido comprobar a lo largo de la historia, las especies que cesan en su aptitud de variar y adaptarse (con genes buenos o malos) llegan a desaparecer. *(Mien-*

tras Mitchell hablaba así, el celador manipulaba imperceptiblemente un resorte u otro, aunque sin poner gran atención a lo que Mitchell decía. Más bien parecía interesarse por la impresión que aquellas palabras causaban en Jack. Y Mitchell, con un acento nuevo y hasta una voz diferente y una especie de impaciencia entusiasta seguía): Es decir, que con electrodos o sin ellos el hombre no tiene remedio. Es lo que digo. Como somos obra de la mujer, que nos ha fabricado en su vientre, las moiras creen que nos han hecho un favor y que la obra es perfecta, pero nosotros no sabemos aprovecharnos de la vida por pensar en otras cosas diferentes de las que vemos. Al final va a resultar que el deseo de la medicina ultramoderna de alterar las condiciones naturales para hacer menos desgraciado al hombre puede acabar con el hombre. De lo que se deduce en mi entender que los intereses del hombre y del grupo social nunca son los mismos. El hombre de hoy, con genes defectuosos, quiere vivir lo más posible y la medicina se lo permite, pero viviendo más de lo que la naturaleza ha acordado, engendra seres más defectuosos todavía, que van a necesitar más ayuda médica para producir los mismos decadentes resultados en la generación siguiente. Con sus electrodos y sus orgías artificiales. Así, pues, un día no lejano iremos a cuatro manos por ahí aullando de gozo, con los electrodos y la plaqueta de mandos. Y la duda es de veras dramática. ¿Nos conviene dejar actuar a la naturaleza con su implacable «selección natural» que tan desdichados hizo a algunos de nuestros antepasados, pero gracias a la cual tenemos nosotros todavía una salud relativa o debemos hacer felices con tranquilizantes y electrodos a los hijos de nuestros hijos que tal vez no debieran haber nacido?

Jack le interrumpió:

—Yo no debería haber nacido. Mi padre hizo lo posible por provocar el aborto de mi madre, pero ella tenía miedo y lo engañaba diciendo que había tomado los abortivos. La mujer cree en la vida, sin duda. Más que nosotros.

Mitchell le oyó sin pestañear y continuó como si Jack no hubiera hablado:

—En todo caso es verdad —una tristísima verdad— que si la especie humana desapareciera como desaparecieron los grandes megaterios, en el remoto pasado, no se perdería gran cosa. Basta para eso con recordar nuestra historia y ver lo que hemos hecho. Pero por otra parte la vida es lo único que tenemos. Es nuestra (nos la han dado). Bueno, tenemos la muerte también. No nos la han dado, pero nos la van a dar. Y será nuestra. Aunque no exista ya el propietario. Porque, eso sí, el propietario de que hablábamos antes, desaparece de veras. Y para siempre. Pero ¿quién nos da la vida y quién nos da la muerte? ¿Quién nos dio la una y nos va a dar la otra? Ésa es la reflexión a que nos llevan los sabios que tratan de genes buenos o malos, células y electrodos. Yo confieso que, aunque estas curiosidades me apasionan, me conformo con lo que soy y renuncio a todas esas promesas inclinándome un poco más por la selección natural que por las ciencias. Dicho sea en favor de unos descendientes que no he tenido ni espero tener nunca.

Mitchell se quedó callado y como esperando que hablara Jack, el cual dijo:

—Yo no podría decirle sino que me preocupa lo que las moiras están pensando y diciendo porque no se pueden desestimar sus opiniones. Digo, las opiniones de las moiras sobre nosotros.

Estaba de acuerdo Mitchell, aunque creía que no valía la pena acercarse a su mesa, y repetía: «Mentirán. Siempre mienten las moiras; bueno, las mujeres todas y también mienten cuando dicen que sólo hay que pensar en lo que vemos. Eso dicen para dárselas de realistas y hacernos pensar a nosotros que a fuerza de realismo merecen ser creídas y tomadas en serio, pero, por ejemplo, yo estuve como le dije en el Japón. Allí hay otra clase de mujeres y otra clase muy diferente en África del Sur. En todas esas partes las moiras son las mismas, es decir, esas que usted ve. Cuando estuve en el Japón, tuve mis experiencias. De ellas deduje que Hiro-Hito es un monstruo de tontería, como todo ser humano que se deja adorar como un dios. De tontería bondadosa. Se limitaba a decir a todo que sí y entonces los samurais hacían despedazar, lo mismo que el Führer y el Uro, a sus contrarios. No coronaban judíos ni hacían enterrar casi vivos a los oficiales polacos, pero tenían maneras propias y orientales de martirizar y ¡para qué voy a contarle! Usted lo sabe tan bien como yo. Sin embargo, vale la pena que le cuente algo. Allí, en el Japón, hay muchas nubes acumuladas, más que en otras partes, pero se percibe el sol vivo entre una capa y otra, y hay una razón final para los que de veras creen en el sintoísmo, y en esa razón final las moiras ponen señales ardientes cada una con su luz. ¿Qué moiras, dice? Esas mismas que tenemos en la mesa próxima. Esas mismas que ahora sacan un termo grande y de él van bebiendo por turno su buen trago de té. Ellas saben construir fortalezas con las nubes arracimadas sobre Tokio y sobre Kioto. Y ellas son las que proclamaban entonces, desde Minaguchi-ya, los silencios magnéticos que preceden al alba. Perdone si le hablo de un modo un poco críptico. La culpa la tiene éste (por el celador) con sus mandos electrónicos. Entre Tokio y Kioto, y aproximadamente a mitad del camino, hay una posada que todo el mundo conoce con el nombre de Minaguchi-ya. Una posada que hace cuatrocientos años era ya conocida con el mismo nombre y que hoy se mantiene más o menos igual, si añadimos las comodidades modernas, es decir los teléfonos, la electricidad y la calefacción. No creo que haya en Europa ni en América un hotel ni albergue o fonda o posada tan antigua. ¡El semen que veinte generaciones han derramado entre sus muros de madera olorosa! Los japoneses, en ese sentido, son los seres más peculiares y más interesantes del mundo. Se han modernizado sin perder ninguno de los rasgos de carácter que tenían hace dos mil años. En ese sentido sólo pueden compararse con los árabes, pero éstos no cuentan porque no han aprendido a fabricar barcos, aviones ni locomotoras. Ni tienen ciudades modernas, ni sus fondacs tienen teléfonos, al menos en el interior de Marruecos o Argelia. Pero, como decía antes, para ellos, como para los japoneses, las moiras son las mismas. Son esas tres. Los japoneses son los más antiguos de los modernos hijos de mala madre o si lo preferimos los más modernos de los antiguos hijos de puta. Cuestión de palabras. La historia de esa posada japonesa es la historia del camino oriental del Japón conocido con el nombre del Tokaido. Y la historia de ese camino es la del Japón mismo : puñaladas, jicarazos con veneno, haraquiris, niñas desvirgadas, muertos putrefactos y misioneros con su kirieleisón. Y *geishas* jóvenes que fornican en todas las posiciones imaginables y viejas que cuecen niños en marmitas para fabricar gelatina de cerezas. Yo puedo ser esquizofrénico, pero sé mirar, y allí, lo mismo que aquí, cada cual es un histrión que disimula su locura personal entrando en el coro de la locura colectiva. Usted no. Yo tampoco. Pero el Tokaido es un reguero de japonesitos afanados como hormigas, cada cual con su embuste prefabricado. Ni más ni menos que los rusos y los alemanes. Toda la historia del Japón se hizo en ese camino, en el Tokaido. Lo comprenderá mejor si tenemos en cuenta que todos los *daimyos* o señores feudales tenían que ir a Tokio (hace cuatrocientos años la ciudad se llamaba Edo) a rendir homenaje cada dos años al emperador, so pena de hacerse sospechoso de deslealtad. Aquí está mi trasero, le decían. Vengan latigazos si ésa es su imperial voluntad. Pero el mismo camino del rendimiento y la servidumbre podía convertirse, y de hecho se convirtió, en el camino de la rebeldía y de la revolución. Queremos tu real trasero para sacar ronchas a estacazos, o para no importa qué bizarros usos. Así fue como la dinastía de los emperadores actuales sucedió a la de los Shoguns. Como ve, estoy enterado. La posada japonesa de que hablaba está en el pueblo de Okitsu y sigue, como siempre, el mito a que se refieren muchas canciones de *geishas* y no pocas narraciones e incluso obras de teatro.

¿El mito? El del alma japonesa, siempre igual y siempre diferente, como la vida y como la muerte, como la paz y la guerra, como el amor y el olvido. ¿Oye? El alma. Nada menos que el alma. Para los japoneses, el alma tiene hasta su sonoro cinto de cascabeles y el gong de cobre donde dar la hora con el cipo de cuero. El alma. Ellos piensan en más allá de lo que ven, pero además a las cosas y a las personas que no ven les dan un vestido y una máscara, y dos abanicos color de rosa. Grandes cabrones los japoneses, mejorando lo presente. Cuando se casan, sus mujeres han sido antes putas expertas durante algunos años en las casas de té. Son pequeños, movedizos y miopes, y han demostrado en los últimos tiempos una vitalidad y un genio emprendedores como nadie en nuestro planeta. Si hay alguien al que se pueda llamar infatigable, es el japonés. En menos de un siglo pasó del feudalismo al capitalismo industrial, como dicen los sociólogos, con un género de embuste más espontáneo y natural que el que se usa entre nosotros. Las moiras los tienen, sin embargo, atrapados también, como a usted y a mí. De un modo un poco más poético. ¿A usted no? Pues a mí sí, y no me importa confesarlo. Después de la guerra, que fue en el Japón una catástrofe parecida a la que produce en un hormiguero la bota airada de un gigante, las atareadas hormigas siguieron laborando como si tal cosa, y del contacto con el vencedor obtuvieron ventajas que les permitieron reconstruirse y desarrollarse mejor que en tiempos de paz. Es decir, que se dejaron apalear, pero nos sacaron los dólares de los bolsillos y el tuétano de los huesos, porque los japoneses saben sacar partido de todo, incluso de la derrota militar y de la catástrofe del hormiguero. Le saca usted las tripas a un japonés, como yo al mío, y luego su sobrina la *geisha* viene a bailar desnuda delante de su mesa en el cabaret y con las tripas de su tío le ahorca a usted. Todo sin dejar de reír y de sacudir el abanico bajo el cerezo en flor. ¡Grandes y prácticas putas las *geishas*! ¡Cuántas han pasado por mi cama en el Minaguchi-ya! ¡No puede imaginar! Incidentalmente, al Minaguchi-ya no ha llegado más influencia occidental que la electricidad y el teléfono. Y ninguna de esas innovaciones ha cambiado en lo más mínimo el alma de los viajeros del quimono estampado. Una alma movediza, grávida y fluida a un tiempo, como el mercurio. En el siglo XVII había ya prosti-

207

tución masculina legal, lo mismo que ahora.
Y nadie se extrañaba. En familias distinguidas
se oía decir que la hija mayor estaba en una
casa de té (de putas) trabajando para ganarse
el dinerito del *trousseau* antes de casarse. Y el
hijo hacía lo mismo en una casa de prostitutos
antes de entrar en la escuela de oficiales de la
marina de guerra. En 1560, Okitau, el lugar
donde está la famosa posada, era ya una población importante, decorada por las grandezas y las delicadezas de la era *kabuki*. La posada era entonces el palacio del samurai Mo-
chizuki, que, sintiéndose obligado a dar albergue gratis a los caminantes, conocidos o
no, tuvo la práctica idea de convertir su palacio en hostal. Con putas y putos heroicos
y sublimes. Desde entonces han pasado por
ese palacio príncipes guerreros, artistas, bandidos, prostitutas, de sexo masculino o femenino, y también santos. Incidentalmente el
actual emperador Hiro-Hito se alojó en Minaguchi-ya, y antes de poner en sus manos un
periódico éste era sometido a una escrupulosa
desinfección, después de la cual cada hoja era
planchada y secada por doncellas especialmente dedicadas a esas tareas. Uno piensa que
para la desinfección tal vez bastara el alto

calor de la plancha, pero no. Ácido fénico perfumado con la algalía que expulsan por el trasero los gatos silvestres de algunos países de Oriente, como Irak o Afganistán. Yo estuve en aquella posada, en serio. Por allí pasó también el bandido Jirocho, que todavía hoy es figura nacional y cuya memoria invocan los malhechores y también los *ronan*, es decir los samurais en rebeldía contra la ley que acabaron mejor o peor, y que desmiente, en cierto modo, eso que llaman el determinismo marxista. Uno recuerda que también en otros países europeos hubo bandidos blasonados que un día murieron en la horca. Si el cabrito era noble, el patíbulo era tapizado con terciopelo negro y el tajo marcado con los blasones de la familia. Al pie del patíbulo había varios sirvientes de la casa del aristócrata vestidos con la librea de gala, custodiando al decapitado hasta que le dieran sepultura. Los japoneses han sido siempre tan civilizados como los europeos, según ve, y yo, recordando al que clavé de un golpe de bayoneta contra un árbol, me sentía tan bueno como Jirocho. Ahora se diferencian todavía menos de nosotros. La manera de vestirse los japoneses, al menos para el trabajo en las grandes ciudades, es igual a la nuestra.

Dentro de su casa conservan el quimono y la costumbre de caminar descalzos y de dormir en el duro suelo. Pero en la posada de que hablo, yo vi desde el monje budista con sus vestes azafranadas hasta los curas católicos enlutados, pasando por los hombres viejos, las clases medias y los pobres diferenciados exteriormente según su clase y su actividad. Lo único igual en todas partes era el puterío, y yo creo que eso los ha salvado como nación ya que coinciden en la cama justos y pecadores, ricos y pobres, grandes y chicos, víctimas y verdugos. Por otra parte, no hay que engañarse : las mujeres japonesas, *geishas* o no, toman parte activa en las tareas culturales, universidades, editoriales, museos, escuelas rurales y otros lugares, todos amenizados por su muñequil presencia, igual que la mujer del campo enmuñequece las tareas más rudas del hombre (sembrar arroz, pescar ostras con perlas o sin ellas, bajar a las minas). La japonesa culta se asoma a las cátedras, a las tribunas, a la prensa y al arte, y ejerce en la casa de putas y en el templo. Es el Japón como un inmenso emporio de gentes atareadas, limpias y aseadas, religiosas y fornicadoras. Merecen ser, y van a ser un día si la vida del planeta continúa tres o cuatro generaciones más, los amos del mundo. Merecen serlo, porque son los primeros que han hecho coincidir la locura natural y privada con la locura social y exterior, y ésta con la locura de la nación como una entidad compacta. Ésa es la razón de que haya menos gente como usted y como yo, a quienes haya que pagarles cada mes por no hacer nada y ponerles electrodos en la coronilla, aunque esto último sea nada más para ver qué sucede y anotarlo en los registros de los laboratorios. Las moiras, entretanto, tienen diferentes clases de ocio entre su medula y su cerebelo, y en esos ocios está ya presente su cadáver —el de usted— y lo más raro es que ven en él, todavía, aunque no lo crea, una humanidad eternamente adolescente y eternamente buena, enamoradas como están de un dios senil y un universo mozo en el que se autorizan las guerras aunque no los asesinatos privados. «Al menos —dicen las moiras—, así se conjura la peor calamidad del universo: el tedio. Cierto que tenemos, como usted dice, la doctrina de Jesús. Para mí es sólo una entre las más hermosas que hemos recibido de Oriente, es decir de las viejas civilizaciones de Egipto, Mesopotamia, Indostán, China, a través de Grecia y

Roma. Los dos grandes principios de Jesús, el amor a Dios, es decir, a la suprema perfección, y el amor del prójimo renunciando a la soberbia y a la vanidad e incluso al amor propio son hermosos, porque son imposibles. ¿Ve usted cómo ahora las moiras se callan y nos miran con una gran seriedad? Es que están enamoradas de Dios, porque dicen que lo ven, a Dios. De otra manera no pensarían en él ni mucho menos lo amarían, pero ellas lo ven. ¿Dónde? Eso nunca nos lo dirán: es su gran secreto. Para mí, aquí donde me ve, lo único que existe realmente es lo que no veo. Los vendavales genuinos, las medias voces lejanas, los parpadeos de las ancianas, es decir las ancianas que viven en el lado opuesto del planeta, los presbiterios y los misales de Roma, las soledades lentas que hacen con los seres inmóviles una historia especial, que huele a sangre y a orines mojados, los escolanos de ultramar... *(Jack escuchaba con extrañeza y pensaba que sin duda los electrodos de su amigo funcionaban de una manera inadecuada. Quizás el celador se distrajera demasiado viendo dos perritos jóvenes que se perseguían por el césped y que al encontrarse trataban en vano de hacer el amor, porque no eran bas-*

212

tante adultos ni sabían cómo.) Yo creo en los alcaldes reumáticos de China, que es —no hay que olvidarlo— más culta, antigua y aristocrática que el Japón, en las viñas de Francia bendecidas por los obispos, en los deseos de mis parientes, esos parientes odiosos que murmuran en los rincones y que desean nuestra muerte prematura, y sobre todo en los molineros de Holanda. Porque hacen allí el mejor pan del mundo. En el Japón, y en medio de una reunión moderna, así como un *cocktail party* —porque ellos imitan ahora a los yanquis—, de pronto se ve que una parejita de niñas o de varones graves, entre dos bromas y media sonrisa señalan el Fujiyama, que es como usted sabe un volcán famoso, a cuya cima se puede llegar con tranvías que llevan guirnaldas de cascabeles de colores, y por senderos especiales (allí donde los tranvías no pueden continuar acercándose al cráter), señalan, digo, el volcán a través del cristal de la ventana y proponen sin dejar de sonreír: «¿No le parece a usted que estaría bien arrojarse al fondo del volcán un día como éste?» Y la otra, o el otro, duda un momento, bebe un sorbo, y dice: «¿Qué día es éste?» «Pues éste es un día en el que cumplen años todos los obispos miopes

213

del occidente cristiano. ¿Quiere usted venir conmigo al volcán?» Y el otro o la otra dicen: «Bueno, le acompañaré y nos lanzaremos juntos, pero antes tengo que hacer una llamada telefónica.» Y oyéndolos ríen alrededor sus amigos amablemente. Poco después, los que han decidido arrojarse al volcán dejan la copa en la bandeja de plata de un criado y salen camino del Fujiyama, y una hora o dos más tarde los otros miran el reloj y alguno dice: «Ya habrán caído al fondo.» Alguno añade viendo una veta de humo que sale de la cima del volcán: «Allá están, en aquella veta de humo.» Y todos sonríen y dicen que eran personas muy amables y que habían sabido marcharse graciosamente. Gente que se conduce así, a pesar de que saben caminar entre las encrucijadas de las ciencias, son alguien, ¿verdad? Bueno, pues clavé a uno de ésos contra un árbol con el famoso bayonetazo, ¿recuerda? Pero mire: las moiras son gente sana, ¿no le parece? Yo diría que son sanas como la muerte. Y ahí están, ahí vienen. Parece que nos han estado escuchando y que nos oían incluso cuando hablábamos en voz baja. Tal vez tengan electrodos naturales no sé dónde, para oír a distancia. Aquí están, ¿las ve? (*Mitchell, sin*

214

levantarse, trataba de presentar a Jack y éste,
al ver que tampoco el celador se levantaba,
siguió sentado, con un gesto de disculpa del
que las moiras se reían. Una llevaba un bonete
rojo, otra blanco y la tercera dos trenzas que
le rodeaban la cabeza y se reunían arriba con
un clavel artificial. La del bonete blanco dijo
que aquello de las japonesas arrojándose al
Fujiyama era demasiado, y que hablar de
aquello con la satisfacción inconsciente con
que lo hacía Mitchell era de veras intolerable.)
Un momento, señoras, un momento por favor
(repite Mitchell con la mano extendida en el
aire). ¿Han dejado en la otra mesa el termo y
los cestitos de labor? Yo voy a buscarlos *(pero*
ya se había levantado el celador con la misma
intención, y al volver con los cestos y el termo
llegaron dos o tres palomas, una blanca y las
otras amarillas, y se instalaron, sin más ni
más, es decir sin recelo alguno, en la mesa. En
el centro mismo). Cada día esas aves son más
atrevidas. Pero siéntense ustedes, señoras. Yo
no tengo nada contra las mujeres, cualesquiera
que sean, y si en Tokio quieren arrojarse al
fondo del volcán pueden hacerlo y yo lo con-
sidero un rasgo natural y razonable, sin deca-
dentismo alguno. La muerte es, como digo,

saludable. Tal vez ustedes piensen que somos gentes que tratan de satirizar las costumbres de las hembras. No es mi caso. *(Jack negaba también.)* Se trata solamente de un recuerdo de la guerra, como tantos otros. Ninguno de los tres somos obreros manuales. No lo digo por presumir, porque ahora, como ustedes saben, y en este país, hay obreros aristocráticos que en sus horas libres conducen su Lincoln, dan conferencias sobre las estrellas *quasars* o juegan al golf. Pero no somos trabajadores manuales, para no vernos en el caso, tan general ahora, de adular a las máquinas redentoras. No queremos adularlas, la verdad. *(Las moiras se echaron a reír otra vez, y era su risa como un surtidor de agua en un jardín florido. Mitchell calló, pero cuando ellas cesaron en su risa y comenzaron a tejer o a alimentar a las palomas, que son de una voracidad insaciable, continuó)*: Ya sé lo que piensan ustedes de nosotros, los hombres. Somos y eso lo acepto, porque es la pura verdad, como los clásicos burros con la zanahoria colgada frente a sus narices al final de un palo engastado en el arnés o en la albarda. Pero en lugar de la zanahoria llevan los hombres su yo escrito con letras de neón luminoso como los anuncios de la pepsicola. Nunca alcanzan ese yo por mucho que corran. Es lo que les pasaba al Führer, al Uro y a Hiro-Hito, y para nosotros sólo hay una manera de salvarnos de eso y de los bayonetazos que trae consigo.

—¿El amor? —preguntó la moira de las trenzas sin dejar de hacer labor de gancho y llena su garganta de risa contenida.

—No, no. El amor no es solución. El amor es un embuste que han inventado las mujeres cloróticas y los frailes. Es a la hembra a quien hay que acostumbrarse y a quien hay que saber acostumbrar sin aburrirla y sin aburrirse. El tedio es la gran desgracia universal y ésta nos viene con la respiración, con el neuma. El trato de la hembra es cuestión de hábito gustoso sin música ni otro ritmo que el de la fecundación. Ustedes tres no son hermosas ni tampoco feas, son sencillamente deseables. Cuando vive uno con una mujer fea se acostumbra y no hace ya caso. Lo mismo pasa si vive uno con una hembra hermosa. Se acostumbra también y no ve la belleza aunque la tenga delante. Por eso la vida, en medio de todo, no está mal, ¿verdad?

Aquí rompió a reír la del bonete rojo y cuando parecía que se le acababa la carcajada comenzaron las otras. Luego la del bonete rojo dijo:

—No riáis tan fuerte, que se asustan las palomas.

Pero Mitchell seguía:

—No somos viejos aún, porque la vejez comienza cuando uno es capaz de amar la propia desgracia.

—¿Qué desgracia? —preguntó la del clavel rojo.

—Pues... la desgracia. Es la misma para todo el género humano, aunque tenga en cada cual nombres diferentes.

Las moiras escuchaban y parecían estar esperando sólo una oportunidad para volver a sus risas. Porque solían reír a carcajadas, pero eligiendo muy bien el momento adecuado.

—Claro —intervino Jack— que hay en nosotros una dimensión divina y que esa dimensión sólo se hace perceptible en la completa soledad, porque...

Otra vez rompieron a reír las tres moiras con todas sus fuerzas, y las palomas volaron. Era una risa descendente que parecía un poco masculina, una risa en cascada (todas las cascadas son descendentes), y Mitchell no podía comprender, y Jack recordaba sus propias palabras y tampoco lo entendía. Cuando las risas cesaron, Mitchell volvió a hablar:

—Las caras de las gentes nos dicen algo sobre su carácter, ¿verdad? Hay expresiones lacias, vulgares y desabrochadas como una bragueta, y los que tienen esa expresión y se casan llegan a constituir lo que yo llamo legión extranjera del sexo: una especie de suicidas heroicos. No somos eso nosotros, desde luego. Tal vez lo sea el celador, pero ni Jack ni yo lo somos ni lo seremos. Nosotros somos hombres naturales y, a pesar de lo que Jack ha dicho sobre la divinidad, él sabe muy bien que más importante que toda idea de divinidad es arrimarse a orinar contra un árbol cuando no puede uno aguantar más. Lo mismo que yo, Jack estuvo en la guerra y lo mismo que yo soñaba con la paz, pero luego vemos que la paz es también la muerte y además el tedio, ese tedio que nos destiñe los glóbulos rojos. En la guerra hay otras miserias, pero nunca el tedio de la paz. En el fondo, la humanidad no es mala. ¿Es el hombre quien la hace y ustedes quienes la destruyen? ¿O al revés? En todo caso, los piojos, las chinches, los pavos reales, las *geishas* japonesas y los maricas internacionales tienen su influencia, no se puede negar. Lo peor que nos puede suceder es que confundamos las personas vivas con los fantasmas del pasado.

Sin malevolencia, pero sin piedad, las moiras volvieron a su retozo. Era como si, de pronto, alguien les hiciera cosquillas a las tres. Porque mientras no reían escuchaban con toda seriedad. Lo curioso era que por su risa se mostraban superiores a los tres hombres, sin pretenderlo siquiera. Cuando pudo continuó Mitchell, a quien siempre le quedaban cosas por decir, con electrodos o sin ellos:

—En este momento ustedes son, con su risa, como una invitación a la desgracia, y esa invitación es para entrenarse uno y poder dar mejor el salto mortal. Los viejos beben no porque les guste el vino sino para aligerar su conciencia, porque, como dije antes, después de los cuarenta todos tienen algo de que arrepentirse y yo lo pude experimentar con mi truco telefónico, que fue donde me atraparon y me comenzaron a dar tratamiento de enfermo mental. Por eso, por atreverme a ejercer una verdad, aunque fuera minúscula. Las verdades minúsculas son las más universales: eso lo acepto. Pero yo sufrí una decepción. La decepción no hiere tanto a las hembras, porque las hay como ustedes, sexualmente satisfechas. Las conocemos por la manera egocéntrica y bien equilibrada de sus movimientos cuando caminan, movimientos emolientes. Ningún hombre camina así, porque ninguno está satisfecho. Cuanto más tiene, más quiere. Es como el dinero. Y si comienza a pensar en eso, pronto va a dar en una especie de vacío lleno de sí mismo, donde todo se acaba.

Soltaron las moiras otra vez el trapo de la risa en un momento en que las palomas regresaban y se quedaron en el aire, suspensas e indecisas, hasta que, bajando el tono del regocijo, bajaron ellas también y se posaron en la mesa. Una de las moiras dijo entre dientes:

—Es que la risa es lo único que los pobres animales no pueden entender en el hombre. Ellos no ríen nunca.

—Tampoco nosotros deberíamos reír. El hombre es un cementerio de cerdos. Nos comemos al cerdo. Todo el cerdo hasta la última célula. Hasta sus manos y sus pezuñas, que con alubias están muy sabrosas. Hasta sus huesos, con los que fabrican gelatina y la comemos también. ¿Qué se puede esperar de un cementerio de cerdos que se ríe? Claro es que ustedes saben que hay un rincón sabio para los mu-

221

rientes, los decepcionados tardíos o prematuros. La vida, en cambio, es feliz en sí misma. Unos días más felices que otros, claro. Los días, no los hombres. Hay días que gozan siendo días. Gozan más que otros. Los jueves, por ejemplo.

—Si ustedes pensaran solamente en lo que ven, como nosotras, la vida sería diferente.

—¡Pero si nacemos la mayoría ciegos! —dijo Jack.

Volvieron las tres al jolgorio, y sin dejar de reír se levantaron y fuéronse de espaldas mirando a los tres hombres. Encima de ellas flotaban cuatro o cinco *starlings* negros y la paloma blanca y amarilla. Salió Mitchell detrás de las moiras suplicándoles que volvieran a la mesa.

—Es que ustedes —dijo la del bonete blanco— tienen demasiadas fobias de tipo intelectual, y no estaría eso mal, pero el sistema de asociaciones de las fobias con las ideas es demasiado pobre en ustedes. En los tres.

—Ya veo. No le gusto —y Mitchell se volvió hacia Jack y gritó—: ¡No les gustamos!

—No es eso. Nosotras no ponemos nuestros sentimientos personales en nuestras opiniones. Y usted, Mitchell, es hipersensitivo porque no acepta la guerra. Sus ideas sobre la guerra hacen reír, y hacer reír es locura. Nosotras no hacemos reír. Reímos, y eso es muy diferente. En todo caso es usted quien nos interesa y no Jack ni el celador. Ignora usted que el sentido de la realidad y el del placer son distintos. Sólo comienza a ser interesante la realidad a través del dolor, y es a través de él como todo el mundo busca la verdad. El placer se da por sabido y nunca constituye la base del conocimiento. Y los problemas de conciencia no importan tanto como ustedes creen. A nosotras tres nos gustan lo mismo Bufalo Bill, san Francisco de Asís y Shakespeare.

—¿Y el Uro? —preguntó Mitchell.

La risa de las moiras fue tal que las aves se alejaron definitivamente y un perro que corría detrás de un balón de fútbol se detuvo a mirar, extrañado.

—La guerra —dijo por fin la del bonete blanco— es una obsesión, y lo malo es la obsesión y no la guerra. Y si hablan tanto ahora, es para librarse de esa obsesión que les duele. ¿Es que se libran de ella?

Después de una larga reflexión silenciosa dijeron al mismo tiempo Jack y Mitchell :

—No.

—Usted cállese, Jack —gritó la de las trenzas, sonriente—. Sólo nos interesa Mitchell.

Creía Mitchell que en aquello había alguna clase de misterio infausto y comenzaba a tener miedo.

—Yo me creo enemigos —dijo sin saber realmente lo que decía— porque soy demasiado confiado y amistoso, y a la gente sana eso no le gusta. Hay gente como ese celador que si habla una vez en todo el día es para decir la hora nada más... No sirve ese silencio para nada. Al menos Jack y yo tenemos transferencias positivas, ya que estamos de acuerdo contra la guerra y gozamos hablando mal de ella y de sus promotores. Los otros van a la guerra para disimular su sentido secreto y razonable de las cosas. Los síntomas agradables como el pacifismo no cuentan en esto de las enfermedades mentales. Sólo cuentan los síntomas desagradables, por ejemplo: la discrepancia.

—Es que —intervino otra vez la moira del bonete rojo— los síntomas desagradables son los únicos que tienen valor en la vida, porque la vida es fundamentalmente desagradable para los hombres.

Y reía, a pesar de todo.

—Entonces, ¿por qué se ríe usted?

—Nosotras somos mujeres.

Quería decir que aquello no iba con ellas, que estaban fuera del problema. Se alejaban riendo sin dejar de mirar a Mitchell.

Poco después Mitchell y Jack se despidieron. Jack preguntó por cortesía si volvería por allí algún otro día.

—No creo —dijo Mitchell, después de vacilar un momento.

Se separaron y Jack se marchó a su casa, que estaba allí al lado. Dos días después, cuando iba a salir vio que en el buzón de las cartas había un papel (un trozo de papel de envolver, cortado con la mano desigualmente) con unas líneas escritas a lápiz que decían: «Gracias, Jack, por haberme escuchado ayer. Desde hace más de veinte años estaba esperando una ocasión como ésa de ser escuchado por otro ser humano con la atención amable y sincera con que me escuchó usted. No volveremos a encontrarnos en la vida ni es necesario. Si hay una eternidad, espero que allá nos veremos y si no, ojalá que un día encuentre usted, antes de marcharse, una persona que sepa escucharle bajo la risa de las moiras como me escuchó usted a mí. *Bye, Bye.*»

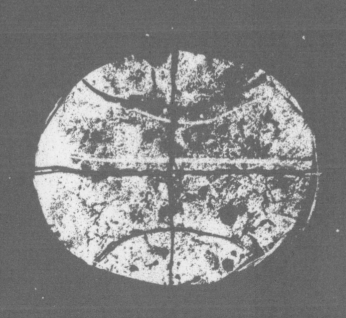